# 単独者鮎川信夫

野沢啓

思潮社

# 単独者鮎川信夫

目次

凡例

本書での鮎川信夫のテクストからの引用は原則的に思潮社版『鮎川信夫全集』（全8巻、一九八九〜二〇〇一年）に依拠した。文中での表記は『全集I』頁数、というように簡略化し、各巻のサブタイトルと刊行年は省略した。それ以外の引用は著者名、書名、刊行年、出版社名、頁数を明記した。したがって引用文献一覧は付けないことにした。また、説明が長くなる場合は該当する箇所の奇数頁に傍注として配置した。

# 単独者鮎川信夫

装幀——中島浩

# 序　いま、なぜ鮎川信夫なのか

いま、詩を書き、詩を読む意味はどこにあるか。

しばらく現代詩の第一線から距離をとってきた者としては、いくぶんかの苦い反省の思いをこめて、あらためてこう問わざるをえない。

詩はあいかわらず多く書かれ、詩集は氾濫し、社会的には数多くの詩集賞などが設定されていることで、詩的メディア以外の場所ではさほど問題にされないにもかかわらず、詩人たちは小さく自足しているように見える。

戦後七十年もいつのまにか過ぎ、いわゆる〈戦後詩〉と呼ばれた潮流もそれを主体的に担った詩人たちの死ないし衰弱とともに記憶の彼方に追いやられ、いまはとくにどうという主義も主張もない、ことばのアクロバティックな競演（狂宴）にすぎないものが目につく。納得できるものはきわめて少ない。吉本隆明という現代詩におおきな方向づけを示唆しつづけてきた巨星が墜ちたあと、〈戦後詩〉世代の後半を担った詩人たちもいまや新しい世代の動きにたいして妙に好々爺的な理解と賛辞を呈しているだけのように見えてしかたがない。どうしてこうも仲間ボメがこの業界に流通するようになってしまったのか。一方では言説を晦渋にすることによって内向化し権力的にふるまおうとする詩壇政治家も現われてきた。そうしたこととともに現代詩の批評性が詩の外部世界にたいしてはおろか内部批判にも向けられることがなくなってしまったのではないか。こういうことを言うと、日本人にありがちな、争いを好まず、なにごとにも無原則的な寛容に終始して宥和を保とうとする「集団同調性」（折原浩『東大闘争総括——戦後責任・ヴェーバー研究・現場実践』二〇一九年、未來社、参照）が、ことばに生きることを本来の責務とするべき現代詩の世界にさえもひろく蔓延しているのではなかろうか、と危惧を覚える。単純に言って、最近の現代詩にはかつてのように詩の方法や意識をめぐる論争らしい論争がなくなっている。今日の超右翼的反動的な政治社会化のうねりのなかで、むしろいまこそ、現代詩はことばという武器をもって独自の闘いを切り開くべきではないか。もちろんここでの闘いは直接的な政治的メッセージをさして言うのではない。詩のことばが本来的にもつべきことばの本源的なラディカリズム、なににも拘束されないからこそひとのこころに訴求することのできる純粋性こそが手垢にまみれた政治言語の体制の根幹に楔を打ち込むことができるのだ。ことばの力を信じること。やみくもにことばを乱発するのではなく、方法的意識的にことばの矢を放つこと、そういう戦闘精神に溢れた詩のことばが書かれていないということをまず認識し、どうすればよいのかを各自が考えるべきではないかと思うのである。それがいま現代詩にかかわる表現者の責任であろう。

＊

こうした危機意識のもとで最近の詩を読むなかで、わたしはあらためて現代詩そのものを問い直す必要を感じはじめている。そこにはさまざまな隘路を経て現代詩の世界にふたたびアクセスしようとする自分にとって、既成の観念や小権力化した地政図などはいちどすべてフォーマットしたところで現代詩の展開をその原点からみつめ直すべきだと痛感するからである。

もうすでに二〇一四年九月のことになるが、『北川透 詩論集成1――鮎川信夫と「荒地」の世界』（二〇一四年、思潮社）が刊行され、わたしは長めの書評を『現代詩手帖』年鑑号に書いたことがある（「北川透の批評原理――『北川透 詩論集成1――鮎川信夫と「荒地」の世界』」、『現代詩手帖』二〇一四年十二月号）。サブタイトルに示されているように、この巻は『荒地』とくに鮎川信夫に焦点をあわせて書かれた評論が多く、これまでの北川がいかに鮎川信夫や『荒地』の領導した〈戦後詩〉の位置づけ、解釈に力を注いできたかをあらためて認識させてくれるとともに、はたしてこの読み方でいいのかという疑問も頭をもたげてこざるをえないものがあった。もちろんそこで教えられたことも非常に多く、問題の所在を知るうえでも多大な貢献があったことを認めることではわたしも人後に落ちるものではない。だからこそ、この北川的〈戦後詩〉理解を別のかたちで開き直してみなければならないと思ったのである。

一方にはこうした北川透的な〈戦後詩〉的布置の枠組みをまったく別なふうに読み換えて、西脇順三郎と吉岡実に〈戦後詩〉の起点を見ようとした野村喜和夫と城戸朱理『討議戦後詩——詩のルネッサンス』（一九九七年、思潮社）のような試みもあった。『荒地』的な意味の回復、隠喩的手法の積極的使用などに感覚的に反撥した世代からの強引な〈戦後詩〉再解釈の試みではあったが、どうもその恣意的思い込み的解釈の線は当然のことながら展開力をもたないままに頓挫し、広い意味での北川的〈戦後詩〉的枠組みに一ヴァリアントとして回収されてしまったかのようだ。(*1)

比較的新しい野村喜和夫の『証言と抒情——詩人石原吉郎と私たち』（二〇一五年、白水社）などでは石原の詩の基本は隠喩であったことをはっきりと認め、それまでの隠喩否定の立場を翻している。それにしても隠喩はもはや古い方法であり、詩的隠喩は死んだという誤った解釈は詩人たちにいまもなおかなり一般的であるようだが、こうした誤解が生じた原因のひとつは日本語における隠喩概念の理解におおきな欠落があること、そしてそういう理解に乗っかった鮎川信夫自身にも原因がある。そのことはいずれ本論でくわしく述べることになろう。

＊

じつはこうした外在的な原因にもいろいろ刺戟を受けて、わたしはあらためて『鮎川信夫全集』を読み直した。若いころに同世代の多くの者たちと同じように、現代詩文庫版『鮎川信夫詩集』その他でその鮮烈な抒情と犀利な批評、浩瀚な知識に圧倒された経験をもつわたしにとって、鮎川信夫という存在はいつもいくらか距離をおいて凝視すべき存在として、しかしかならずしもそのすべての意見には賛成できないというアンビヴァレントな存在として長らくありつづけた。世代的には親の世代であり、戦争という絶対的な歴史の経験の向こうに屹立するアンタッチャブルな存在としてもその作品とは対極におよそ近づきがたいところがあった。いちど個人的に面会できるチャンスがあったが、あえて避けたこともあるのはそうした距離感のためでもあったが、いまとなっては惜しいことをしたのかもしれない。(＊2)

とはいえ、自分が現代詩の世界に入り込むにあたって決定的な影響を受けたという意味で、鮎川信夫は特別な存在のひとりであり、いずれはきちんと対象化しておくべき詩人であったことは

(＊1) わたしもこの本のもとになった『現代詩手帖』連載の第十回（一九九五年十一月号）に出席を要請されたが、その戦略的意図に賛同できず出席を断わった。その代わりに出席したのが福間健二だった。

(＊2) わたしが以前、所属していた同人誌『SCOPE』で北川透の講演会を東京で主宰したことがある。同誌16号（一九八五年十一月刊）にこの講演会の予告が掲載されており、それによると十一月三日（日）午後、神田の東京堂にて「パフォーマンスと詩の変容」というテーマで講演会が行なわれたことがわかる。じつはその日は二次会のあと、わたしの家に北川さんに泊まってもらい、その翌日に北川さんによる鮎川信夫へのインタビューが行なわれることになっていて、わたしは北川さんを近くのレストランまで送って、鮎川信夫のクルマが入ってくるのを確認して、挨拶せずに辞去したのだった。生前唯一の面会のチャンスを見送ったのは、わたしが鮎川についていろいろ批判的な言及もしていたことへの気後れでもあったのかもしれない。ちなみにこのときのインタビューは「あんかるわ」74号（一九八六年三月刊）の特集「アメリカを考える」のためのものであった。このインタビューについては北川透「鮎川信夫への最後の疑問――ナショナルアイデンティティーをめぐって」(『北川透 詩論集成1――鮎川信夫と「荒地」の世界』に収録）でくわしく触れている。

間違いない。こういう鮎川信夫が一九八六年十月に六十六歳で急逝したのもすでに三十三年前になる。(＊3) その前年、わたしはそれまで個人誌に書きつづけてきた連載を『方法としての戦後詩』(一九八五年、花神社)としてまとめたばかりであった。そのなかでわたしはしばしば鮎川に言及している。戦後詩という問題を考えるときに鮎川信夫の存在とその提起した論点を抜きに語ることはできなかったからである。一九八〇年代に入ったあたりからすでに〈戦後詩〉は終わったという議論が漠然と出てきていたことにたいするひとつの回答として書いたのがこの『方法としての戦後詩』であった。この本の付録のひとつとして「ポスト戦後詩の構想」という一文(「詩学」一九八四年七月号に執筆)が収録されているが、わたしはそこで〈戦後詩〉のその後についても考察している。おそらく〈ポスト戦後詩〉というタームはここで最初に使われたはずである。そういうなかでの鮎川の死であっただけに、これでいよいよ〈戦後詩〉も名実ともに終焉したのだという感慨をもったことをよく覚えている。「貴方の死と一緒に、戦後詩の偉大な時代が確かに終りました」(『現代詩読本　さよなら鮎川信夫』一九八六年、思潮社、一二九頁)と吉本隆明がお別れの会の弔辞で述べているのは、鮎川信夫の死が一詩人の肉体的な死を超えて、鮎川に代表される〈戦後詩〉の終焉が決定的になったことをさしているのである。

おそろしいことに自分がいま鮎川の享年を通り越しつつあることに気づいたのはほんのすこしまえのことである。そう考えてみると、これまで畏敬しながら読んでいた鮎川そのひとの書いたものはすべていまの自分より若いときに書かれたものであるということを驚愕とともに発見することになった。もちろん人間の知識や能力は年齢と関係なく開発され進展し獲得される。まして鮎川信夫のように若いときに限られた範囲とはいえ猛烈な読書と知識欲で吸収された蓄積には端倪すべからざるものがあり、そのことには謙虚にならなければならないが、それでも加齢が及ぼす問題にはこちらにもいまや心当たりがある。鮎川信夫が直面してきたさまざまな問題にはこちらでも後知恵や想像力をもってすればなんとか理解の道が開けるはずである。そういう個人的なモチーフがあって、鮎川信夫をあらためて論じたいという意欲が湧いてきたのである。

＊

さて、そろそろ本論に入らねばならないが、このところさきに触れた野村喜和夫の石原吉郎論のまえに細見和之の力作評伝『石原吉郎――シベリア抑留詩人の生と死』（二〇一五年、中央公論新社）が刊行されているほか、『季刊 未来』での郷原宏の「岸辺のない海――石原吉郎ノート」の連載も完結した。期せずして生誕一〇〇年を迎えた二〇一五年は時ならぬ石原吉郎ブームになった感があるが、戦後にシベリアから帰還し、遅れて戦後詩の世界に参加することになった石原吉郎はのちに『荒地』にも同人として迎えられる。しかし石原はすでに鮎川信夫より五歳年上の存在で

（＊3）この一九八六年の年末に『現代詩読本 さよなら鮎川信夫』が緊急出版され、わたしも「〈モダン〉の思想的極限――最後の鮎川信夫」を寄稿している。その後、拙詩論集『隠喩的思考』（一九九三年、思潮社）に収録。本書にも付録2として収録した。

あった。しかも石原は三十九歳のときに『文章倶楽部』に投稿した「夜の招待」を鮎川と谷川俊太郎によって（とくに後者によって）推薦されて詩壇にデビューしている。戦後詩の一般的見取り図のなかでは年齢的には逆転した関係にあった鮎川と石原が、最近の評価としては再逆転されて石原のほうが関心を集めていることにわたしとしてもとくに異存があるわけではない。ただ、さきの郷原の論考のなかで鮎川信夫にもかかわりのある次の部分にわたしは注目する。

ごく大雑把ないい方をすれば、戦後へ帰還した石原がふたたび詩を書きはじめたとき、日本の戦後詩はすでに「主題」の時代から「音楽」の時代へと足を踏み入れていた。それを『荒地』の時代から『櫂』の時代へと、あるいは戦後詩の第一期から第三期へといいかえても同じことだが、要するに「遺言執行人」（鮎川信夫）による「意味の恢復」の時代は終わりを告げ、（中略）「感受性の復権」の時代が始まっていた。つまり、戦争体験がそのまま詩になる土壌は、思想的にも方法的にもすでに失われていたのである。

（『季刊 未来』二〇一六年冬号、未來社）

このあと、石原は《『音楽』のかたちに身を添わせながら、そのなかで徐々に自分の言葉を恢復させていった。（中略）その主題〔「音楽」に隠された「一番大切なもの」をさす〕を発見したとき、石原は最も本質的な意味での戦後詩人として、日本の戦中戦後史を遡行しはじめていたのである》という優れた石原解釈がつづくのだが、これは本稿とはちがった展開を必要とする。むしろさらにそのあとの鮎川信夫解釈のほうもおもしろい。

ここで石原が登場するまでの戦後詩史をもう一度振り返っておけば、それは鮎川信夫の《僕等の詩人としての敗北性については疑問の余地がない》《彼ら〔一部のコミュニスト詩人〕の攻撃によって僕等が敗北的なのではなく、僕等の自覚によって敗北的なのである》(「幻滅について」)という前世代の詩人たちへの宣戦布告によって端緒を開いた。そのとき鮎川は「僕等の自覚」にかける夢想の純潔さにおいて、もう一人のドン・キホーテだったといっていい。(同前、〔 〕内は原文のまま)

ここでは鮎川信夫について本質的なことのひとつが言われている。まさに鮎川信夫は当人の意図とかかわりないところで、〈もう一人のドン・キホーテ〉であったシーンがきわめて多かったのではないか。この観点は鮎川を論ずるさいには見失わないようにしなければならない。おもしろいことに、鮎川は「詩的青春が遺したもの――わが戦後詩」というエッセイのなかでみずからを「〈幻影〉に突進する小ドン・キホーテのように現代詩の荒野に向って遮二無二走り出すことになる」(『全集Ⅶ』二一二頁)と自己規定しているので、この評言はあながち的をはずしていないことになる。

＊

鮎川信夫に比して石原吉郎が論ずるにより値するかどうかは別として、すくなくともこのところ鮎川があまり論じられなくなり、そもそもあまり読まれなくなりつつさえあるというのも事実だろう。（＊4）石原の体験の重さに発する詩のことばの意味の深さ＝多重性はまさにメタファーとして以外にありえない詩的言語の本質を余すところなく発揮した強度の言語であり、その言語の凝縮された意味するところを探究するのは批評の醍醐味でもあろう。それに比べると、鮎川の詩のほうは当人の語り（批評、評論）が多いためか、自己解説の枠内で解釈されてしまいやすいところがある。

しかし鮎川には石原とはちがった意味で、その生のなかに隠されたところが多い。言うまでもなく、私生活についてはほとんど触れていないし、妻がいたことを徹底的に隠していたこと、などがその一例であるが、それ以外にも鮎川の詩にしばしば登場する〈うつくしかった姉さん！〉（「姉さんごめんよ」）のように実在しない〈姉さん〉らしい存在についてはどこにも言及がない。もちろんこのことは、詩人としてみるかぎり、詩を詩として解釈するのが後世の人間の役目だから、たまたま鮎川が批評を数多く残した詩人であるからというかぎりにおいてのないものねだりと言えなくもない。このことをもって鮎川を批判することはできない。ただ逆に鮎川の批評や評論には個人的なことにかんしてはあえて書かれていないことが多すぎるのである。

たとえば大岡信は「鮎川信夫の詩」(『鮎川信夫著作集』第一巻解説、一九七三年、思潮社)という文章でこんなことを書いている。

詩論家の鮎川信夫が意図したことは、詩人の鮎川信夫によって、忠実に果されはしなかった……鮎川信夫の詩には、多くの私的な闇の情感がひそんでいて、都合よく分類整理の網目にひっかかってくれないのである。

慧眼な大岡信をもってしても見抜きにくい鮎川信夫の〈私的な闇の情感〉こそ、鮎川がしばしば自己解説を禁じてきたものだったのではないか。そういう鮎川にはどこか女性的なところ、あるいは偏屈なところがあって、あるときは魅惑されるが、あるときはうんざりさせられるところもある。さきにも書いたように、鮎川の生涯が通覧できるようになったいま、自分のほうも馬齢を重ねてきたぶん、鮎川は書きたくないことまで書く必要がなかったことが痛いほどよくわかる。

(＊4) この一文を『現代詩手帖』に発表した二〇一六年以降、樋口良澄『鮎川信夫、橋上の詩学』(二〇一六年、思潮社)、岡本勝人『「生きよ」という声　鮎川信夫のモダニズム』(二〇一七年、左右社)、成田昭男『鮎川信夫――薄氷をわたるエロス』(二〇一七年、幻原社)、そしてことしになって田口麻奈『〈空白〉の根底――鮎川信夫と日本戦後詩』(二〇一九年、思潮社)という大部の研究書まで出て、にわかに鮎川信夫論ブームになった感があるが、その基本的な趨勢は変わらないと思う。

生きるってそういうもんだぜ、と鮎川なら言うだろう。「私は、鮎川氏の詩論の中に、ある種の曖昧な部分があり、自家撞着的なところもあるのではないか、ということに読者の注意をうながしておきたい」と大岡信は前掲解説のなかで言うが、だからこそそれゆえに、鮎川が詩で何を書きたかったのか、われわれは知ろうとしてもいいのである。それはおのずから鮎川の詩と詩論がわたしに及ぼしたインパクトがどのような性質のものであったのかを、それを受けとめた時代の時間性の意味とともに明らかにしてみたいという個人的な欲求でもあるのだ。すなわち、〈鮎川信夫とは誰か〉という問いを同時代性としてどう捉えるのかという問題である。

それは否応もなく、〈戦後詩〉の始まりを戦中期からの離脱を果たしながら意識的に始めることのできたひとりの詩人の歩みを問うことでもあったのであり、そこからの新たなる離脱を果たさなければならない現代の詩人たちに、鮎川という問いをどのように理解し、その問いをみずからへの問いとして受けとめなおすことを要請することでもあるからだ。この問いを回避して先へ進むことはできないのである。

第1章

# 鮎川信夫とは誰か

## 第一節　鮎川信夫の〈戦争〉

鮎川信夫とは戦後生まれの人間にとってきわめてわかりにくい存在である。言うまでもなくそこに戦争体験の有無という決定的な差異線が走っているからであるが、そのこと自体がなにか遠い歴史の向こう側にあるような気にさせてしまうのである。わたしとは二十九歳の差であるから親子ほどの差でしかないのだが、最初にその詩を読みはじめたころから鮎川をどこか歴史上の人物のように思ってしまったのは、こちらの未熟さばかりではあるまい。いまの時代だったら、親子ほどの年齢差はたんにひとつの世代差でしかないだろうが、そのあいだに第二次世界大戦さらには「十五年戦争」と呼ばれる長い戦争期をまるごとふくんでいるから、実感としてははるかに遠いすでにして歴史的存在なのであった。

一九二〇年（大正九年）生まれの鮎川信夫は、物心つくころからすでに戦争状態の国家のなかで、それも徐々に統制が厳しくなる一方の息づまる社会のなかで青少年期を過ごさねばならなかったことになる。それが若くて鋭敏な精神にどんなに暗くて重い圧力を感じさせ、伸びやかさのかけらもない軍国主義体制下の生き方を強いられたかを想像してみると、貧しかったとはいえ戦争の危機の見かけ上はなくなった戦後社会のなかで育ったわれわれ世代とのあまりの落差を考えざるをえない。鮎川信夫にとって〈戦争〉とはいったい何だったのか、というのがここでの問いである。

鮎川信夫の自伝的文章は断片的なものが多いが、それらをつなぎあわせていくと簡単な年譜のようなものを作成することもできる。しかし、わたしは本書で鮎川の略伝を書くつもりはないから、そうした細かい確認作業は各種年譜を参考に、論の展開のうえで最小限必要と思われる問題に言及するにとどめたい。

鮎川信夫（本名・上村隆一）は、現在の岐阜県（当時は福井県）石徹白《いとしろ》村出身の上村藤若を父とし、同郷の母幸子を母として東京小石川で生まれている。中野区、新宿区などに居住して、そこから新宿区の戸山小学校、早稲田中学、早稲田第一高等学院を経て早稲田大学に入学している。いわば山の手育ちなのだが、小中学校時代には夏休みごとに祖父のいる福井で過ごしており、傷病兵として帰還後、石徹白村で敗戦を迎えているから、いろいろ葛藤をもつとはいえ、〈ふるさと〉をもつ半東京人である。すでに高等学院の時代（十七歳ごろ）から『若草』などの文芸欄への投稿を始めている。まもなく投稿欄仲間の中桐雅夫（神戸在住）からの誘いを受けて『ＬＵＮＡ』という同人誌に参加するようになる。その意味では早熟な青年だった。すでに十三歳ごろから、父が出していた怪しげな教育雑誌などの編集や執筆の手伝いまでさせられていたというから、ある意味ではそうした下準備はととのっていたとも言えるかもしれない。

十七、八歳のまだ若き青年詩人といっても鮎川信夫が生きていたのは一九三七年、一九三八年という時代であって、すでに中国戦線では日本帝国主義の侵略戦争が始まっており、さらなる本格的な世界戦争の足音も迫ってきていた時期である。戦争に狂奔するファシズム国家権力が詩などという甘っちょろいものの存在をそうやすやすと許すような時代ではなくなりつつあった。とはいえ、中国での侵略をつづけているあいだは、職業軍人（軍隊）による戦争であり、のちの国家総動員法などによって国家対国家の全面戦争にのめりこんでいくまでにはまだ若干の余裕がある時期であった。

当時の鮎川信夫は、同人誌以外でも村野四郎や近藤東などが中心の雑誌『新領土』などに参加して新鋭詩人としてモダニズムにどっぷりと浸かった詩を書いている。そのころに書いた文章で当時の若き鮎川の精神のありかたを示す一例を以下に挙げておこう。

ヤンガアゼネレエシヨンは短歌や俳句などの因襲的詩形に対して感情を刺激されない。なぜかといふと、こゝには新領土がない。云ひ換へると、完成された詩形を持つこれらは、パアソナリテイの発揮を抑圧する所まできてゐて、オリヂナルであることは却て原始への後退を意味するのではないかとさへ思はれる所まで進んできてこれ以上の発展はなく、（中略）短歌、俳句は日本的な詩としては珠玉を示してゆくだらう。だがかくの如き伝統的因習の古い詩に復帰することは逃避であり退却であつて、我々が詩の新領土を拓き自己の新らしい詩論（詩）を樹てやうとする意欲の枯渇しない限り起らないものであらう。

（原文の旧漢字は現代ふうに表記した――引用者）

これは一九三八年四月に『ＬＵＮＡ』第十三輯に発表された「『新領土』加盟についての覚書」（『全集Ⅳ』の付録、別冊拾遺集一一頁）という文章である。読めばわかるように、まだ十七歳の少年が書いた未熟な文章であるが、すくなくともこの時期の鮎川信夫が『新領土』というモダニズムの雑誌で先輩詩人たちにたち混じってみずからの詩的キャリアをスタートさせようとした時点のころのありようを語っているものとして確認しておく価値はある。

ついでにこのころ鮎川信夫がどんな詩を書いていたかをのぞいてみよう。

朝の Battle-field
機関銃はマッチを擦って　乾草みたいな白い雲に火を点ける　と焦げたパンの匂がし　空腹をかんじた兵士もある（以下略）

（「頌――『亜細亜』の一部」、『全集Ⅰ』四三六頁）

これは直前に引用した「『新領土』加盟についての覚書」と同じ号に掲載されたものである。
また西脇順三郎ばりの作品もある。

柔かいシルクの風に
葡萄の葉をとばしてしまった
若いアポロは日傘にかくれ
その美しい扉の文字は
秘密の世界に鍵をかける（以下略）

（「ギリシャの日傘」、『全集Ⅰ』四四四頁）

こうして見ていくとモダニズム期の鮎川信夫は少年期の段階だったせいか、先輩モダニストの模倣の域を出ていないが、迫りくる戦争もあり、若い同人たちとの接触も同時に始まっているなかで、同世代的な問題意識を共有することができたためか、この時代のかかえている深い問題にたいして批判的な視点を確立しつつあった。その意味で、モダニズムの毒がまわらないうちに、この時代への批判的精神の欠如したモダニズムの世界から離れることができたのではないか。

2

鮎川信夫論をいまどう書くか。辻井喬は『鮎川信夫全集Ⅱ　評論Ⅰ』の解説「鮎川信夫のトポス」の最後のところで、「鮎川信夫の仕事に共感を覚えることの多かった」自分が解説を書き進めるなかで「いつの間にか、かなり厳しい筆を進めたことに気付く」と書いている（六六〇頁）。鮎川信夫とは七歳ほどの差があるとはいえ、わたしなどよりははるかに鮎川の同時代人として現代詩の世界にかかわる時間の長かった辻井にして、やはりこのような感慨をもつのかということにわたしは妙に納得する。もちろんそこには六〇年安保をめぐってほとんど敵対的な思想的立場にあったこともあるかもしれないが、それ以上に、鮎川とは、辻井の世代――五〇年代詩人と言い換えてもよい――にとってさえも、もともと異和感のある存在だったということである。「序」でも触れたように、若き大岡信が鮎川にたいしてはめずらしく相当に戦闘的な批評的論陣を張っていたことがそのことをよく語っている。

辻井はこの解説で鮎川を「我国の現代詩の負の宿命を生きた存在だった」と規定したあとで、鮎川の戦後の詩的（再）出発をこんなふうにまとめている。

そこには、伝統と断絶することによって不毛とならざるを得なかった構造があった。西欧的知を先取りすることによって詩の方法が根拠地を離れて多様化する宿命があった。こうした特質に抗して詩人であり続けるためには、生き方を探求し倫理性を支えとしなければならない土壌が生れていた。鮎川信夫は、このいずれをも全身に引受けて生きた詩人であったから、彼の仕事に共感することは、我国の詩の運命に共感することであり、反撥はこのアプリオリ

に見える自己撞着《(ママ)》から脱出しようとする心情に通じているように思われる。(同前)

すこし先まわりして言えば、日本現代詩の戦後的出発時点における脱モダニズム、脱四季派的抒情性から〈意味〉の回復＝思想性の獲得をもとめて西欧に範をとって再出発を意図した鮎川信夫をはじめとする『荒地』派詩人たちの世代が戦争体験をひきずらざるをえなかったのにひきかえ、大岡や辻井の世代はその体験の負荷を負うことなくみずからの詩人としての出発を果たすことができた。辻井はそのことを「モダニズムを表現技法のひとつとして理解せざるを得なかった、敗戦前の体験を持っていた誠実な詩人達の一群と、戦争の傷痕を精神の深部においては受けず、その意味で、『生き残った人間』、『戦死』の観念からも自由であり得た、そして感受性を自由に開花させうる時代に詩人としての出発をした青年達との著しい対照が見られる」(同前六四九―六五〇頁)と指摘している。

この解説が二十四年前に書かれたことを勘案しても、いまなおこの戦争体験の有無の差のもつ意味はあらためて吟味されていい。わたしのように戦後生まれであれば、体験の有無もなにもあったものではないが、それ以上にいまの若い詩人たちにとっては問題の意味を問う必要さえないかのように見えてしまうかもしれない。しかし戦争および戦時下という非日常的かつ苛酷な体験の意味を問わずに、そこに源流をもついま現在の詩の根底を論ずることは不毛である。たしかに体験の深度というものは戦争以外にもいろいろありうるし、それがたとえ個人的なものにすぎないとしても、それを〈戦争〉のように一般化できないだけのことで当事者にとっては生死にかかわる重大な意味をもつことはありうるから、戦争体験だけが特別だというわけではない。しかし個々の人間にとってのそれぞれの固有性を超えて歴史的な一般性として存在したこの問題をたんに過ぎ去ったものとして葬るわけにはいかない。ただここではあまり問題を拡散しないために鮎川信夫に固有の問題に限定しておくだけのことだ。

ここでわたしが問題にしようとするのは、鮎川信夫のかかえた〈戦争〉の問題がどこに起点をもち、それが戦後の鮎川の仕事のなかにどのような展開と帰結をもたらしたのかということにつきる。それが詩を書きはじめた時点から鮎川信夫の詩と詩論に大きな影響を受けてきたはずの自分の位置を再確認するためにどうしても避けて通ることのできない問題だと思うからである。

3

鮎川信夫は一九四二年十月に早稲田大学英文科を中退する。というより、鮎川のことばによれば、大学での（軍事）教練に三年間で一時間も出ていないために、検定に不合格、学校も卒業できなかった（『全集Ⅶ』三四六頁）。うまくたちまわれば幹部候補生として有利な立場につくこともできたはずだが、鮎川はそうしなかった。いかにも鮎川らしい振舞いと言えようか。その結果として、一兵卒として召集され、東部第七部隊（近衛歩兵第四連隊）に入隊し、翌年四月にはスマトラへ転属となる。つまりは戦争の最前線に送られたわけだが、幸か不幸か、実戦に参加する機会のほとんどないままマラリアにかかって肺結核を誘発し、一九四四年には病院船で内地送還される。その最後の送還先の福井県三方郡の傷痍軍人療養所の病棟で巻紙にこっそり書きつけたメモがのちに『戦中手記』として公表されるわけだが、そこに鮎川は自分の見たもの、経験したものをつぶさに書き込んでいる。これ自体、〈戦争〉という現実にかんするドキュメントとしても貴重なものだが、とりわけ鮎川信夫という存在の初期形成にかんするドキュメントとして読むとき、第一次資料としてのなみなみならぬ価値を有する。そこに鮎川の〈戦争〉がなまなましく記述されているからである。

鮎川信夫はまず初年兵として軍隊の理不尽な「教育」にさらされる。兵隊として使えるようにするために、精神的にも肉体的にも徹底的に愚劣な暴力にさらされる。「さして理由もなく牛や馬のやうに殴打され、絶対に口返答を許されず(口返答は正当であればあるほど憎まれ)、盲従を強要され、批判は最大の罪悪であり、とにかく不断に上靴や棍棒、帯革鉄拳を恐れながら悔々として立働かねばならぬのである。階段は一段づつ登ることを許されず三段づつ跳ねながら登らせられ、一日中寝るまでは、椅子に腰掛けることなど思ひもよらず、(以下略)」(『戦中手記』、『全集II』四八六頁)といった非合理的な「教育」が待ちかまえているのがかつての帝国陸軍なのである。そこでは軟弱な者は徹底的にシゴキにあい「地獄の責苦」を経験させられ、「班長」が絶対的な権力をもっている。そうしたなかで鮎川はたまたま班長が書いた自分の「身上調書」を見てしまう。そこには「顔色蒼白にして態度厳正を欠く。音声低く語尾曖昧。総体的に柔弱の風あり」（同前四八七頁）と書かれていた。

この身上調書をおりをみて「素早く読みとった」（同前）鮎川は、これを反転させることになる。ここが鮎川信夫のすごいところかもしれないのだが、『戦中手記』にはこう書かれている。すこし長いが重要なところだ。

僕はこの批評に感心した。これだけ適確に自分を浮彫にするやうな意地悪な世界に入ったのは勿論はじめてのことだった。僕はこの時何かしら勇気の湧きあがるのを覚え、脚がわなわな震へてゐたやうに思ふ。僕はこの批評によって自分は何をしなければならぬか、考へた。もう地獄以上の問題も問題ではなくなった。僕は少しづつ良い兵隊に近づいていった。（中略）軍隊は一つ面白いところがある。すべての人間が出発に於て皆同じ生活条件のもとにはじめるといふことである。（中略）とにかく生活の出発点は同じであり、しかも三月の後には絶対的な序列といふものがつけられ、進級はこの序列に従って殆んど決定せられてしまふといふことである。同じ条件の下に出発してもさうした差違が生ずるのは、下の者はそれだけ軍隊的に劣等であるといふ刻印を捺されたわけになる。軍隊的に少しでも優秀にならう、――と僕は決心した、――さうしなければ損だ、――これから何年間かの生活を嫌が応でも決定する軍隊的なるものに於て、人よりも優越者たるのでなければ損だ――、一階級でも進

級すること、少しでも上官の気に入るやうにすること、——これが一切となった、（以下略）
（同前四八七—四八八頁）

まことにすさまじいプラグマティズムとしか言いようがない。その結果、鮎川信夫がとった行動は次のようなものになる。

僕は要領の悪い人間だ。軍隊ほど要領を使はねば損な所はないのだが、僕は先天的に要領が悪い、その上に多少動作が鈍い。見掛けで大分損をしなければならない。そのうち僕は一番手数がかからずに認められることを実行しはじめた。何でもない、殴られる時は率先して殴られること、——これである。お説教の集合のかかったときはいつも右翼に出ること、いささかも逡巡の色を見せぬこと、——僕は率先右翼につき次第に認められるやうになった。
（同前四九〇頁）

考えようによってはまったく手の付けられない方便主義のように見られなくもない。しかし鮎川は軍隊で生き残るための方便としてこういう戦略をとったのである。もっとも、鮎川はのちにここの部分を引いて「今からこれを考えると、この説明はかならずしも正鵠を得ているとは言い難い。人にわからせるための後からの付会ともとれるようなところがある」ということも書いている（「私的戦術」、『全集Ⅴ』二八二頁）。また、「帝国陸軍には、そういう私の性向にどこかぴったりくるところがあったのかもしれない」（同前二八四頁）などとも書いている。ここに鮎川の自己韜晦を見るべきかもしれない。なにはともあれ、鮎川信夫とはこういうものの考え方をする男であり、またそうした内心を事細かに吐露し、精密に表現することができる男なのである。こうした場所では鮎川はたんに上村隆一という一個人ないしは一兵卒にすぎない。そこにはプライドも知識も捨てて、誰よりも狡知に、しぶとく生き抜こうとすることのできるしたたかな男がいるばかりなのだ。

ひとはこの鮎川信夫の軍隊での振舞いから、石原吉郎が記述しているシベリアのラーゲリでのあの鹿野武一の振舞いを思い出すかもしれない。

作業現場への行き帰り、囚人はかならず五列に隊伍を組まされ、その前後と左右を自動小銃を水平に構えた警備兵が行進する。行進中、もし一歩でも隊伍を離れる囚人があれば、逃亡とみなしてその場で射殺していい規則になっている。警備兵の目の前で逃亡をこころみるということは、ほとんど考えられないことであるが、実際には、しばしば行進中に囚人が射殺された。しかしそのほとんどは、行進中つまずくか足をすべらせて、列外へよろめいたために起っている。（中略）厳寒で氷のように固く凍てついた雪の上を行進するときは、とくにこの危険が大きい。（中略）／犠牲者は当然のことながら、左と右の一列から出た。したがって整列のさい、囚人は争って中間の三列へ割りこみ、身近にいる者を外側の列へ押し出そうとする。私たちはそうすることによって、すこしでも弱い者を死に近い位置へ押しやるのである。

（石原吉郎「ペシミストの勇気について」、『望郷と海』一九七二年、筑摩書房、二八頁）

こちらはもっとすさまじい生きるか死ぬかの選択のなかでの振舞いだが、鹿野武一はいつでももっとも危険な一番外側にみずから位置をとったということを石原は書いている。ここではなにかの間違いがあれば死に直結するというギリギリの選択行為になるわけで、鮎川がみずから殴られることを辞さず、率先して最右翼に立ったというのと似ているとひとは思うかもしれない。しかし、鹿野武一のヒロイックな振舞いはペシミストとしてのそれであって、事実、鹿野は石原よりだいぶ遅れてシベリアからの帰還は果たすが、その後まもなく死んでいる。その理由が何であれ、鹿野には鮎川信夫のようなしたたかな戦略性、生への欲望がなかったのだろう。そう考えると、鮎川の戦略が自暴自棄というより、ほかの誰よりも強い生への執着がその理由であったことがわかる。

さきほど引用した一文（「これが一切となった、」）のすぐあとに、じつは鮎川はこう書いていたのである。

その時の僕のかうした目覚めは、いつも一瞬間の自由、厠の窓から塀越しに見えたところの、かつて〝荒地〟のあった世界、〝荒地〟へと通じてゐるに違ひない塀の向ふの世界を嘆息と共に見詰め、もしもう一度、精神の重圧と、肉身のものに対する義務と、漠然とした恐怖感とから解放せられて塀の外へ出られるのだったら、たとへ命をとられてもかまはぬと迄思はれた世界への願望に抗して、徐々に起りつつあった。とにかくこの苦境を切りぬけ、一世紀を横切って、〝荒地〟の歴史をもう一度見なくてはならぬ。現実の生きた模範である歴史の中に自分の顔を見なければならぬ――といふ執着が、猛烈に頭を抬げてきたのである。

（『全集Ⅱ』四八八頁）

こうして鮎川信夫はたまたま病気を得るという戦場における「幸運」もあって、なんとか日本に帰還することができたわけだが、そこに生きることへの欲望、しかしその生が「〝荒地〟の歴史をもう一度見」ることである、世界への帰還としてであるような、あらかじめ失なわれた世界を欲望する生だとしたら、これはまたなんというすさまじい選択だったことだろうか。それが鮎川信夫の〈戦争〉だった。そしてこれは戦後の鮎川の生をも根底的に規定するものであった。しかし、それにたいしても鮎川は自覚的であった。「歴史におけるイロニー」というエッセイで鮎川はこう書いている。

「書く」という行動に何を賭けているにしても、私の意識はすぐに戦争期にまでさかのぼっていく。意識の折り返し地点が、そこにあるからである。

（『全集Ⅴ』三九頁、傍点―原文）

鮎川の戦後がどのようにたえず〈戦争〉から照射されていたか、次はこの問題を見ていかなくてはならない。

## 第二節　戦中から戦後へ――「橋上の人」から「死んだ男」へ

鮎川信夫の〈戦争〉は、一九四一年十二月八日の帝国海軍による真珠湾奇襲攻撃に始まる太平洋戦争の勃発から一年近くを経た一九四二年十月の東部第七部隊への入隊に始まり、三か月に及ぶ悲惨な軍隊教育を経て、翌一九四三年五月半ばにスマトラに到着、さらにマラリア三日熱に冒された結果、傷病兵として一九四四年五月に大阪港に到着するまでの実質せいぜい一年半にすぎなかった。つまり鮎川の〈戦争〉は、南方の激戦地に送り込まれたわりにはさまざまな「幸運」（マラリアもそのひとつ）のおかげもあって、生死に直接かかわる戦闘の渦中に置かれることなく、戦いに傷つきあるいは死んでいった兵隊たちのそばでつねに受動的な〈観察者〉の位置にあった。このことは、偶然とはいえ、鮎川のその後の詩人としての歩み、思想の展開において本質的な問題を孕んでいると思われる。

もちろんこのことは鮎川の〈戦争〉体験が強度を欠いた経験にすぎなかったと言おうとしているのではない。足かけ五年にわたる太平洋戦争（大東亜戦争）の始まりと終焉において、一方ではモラトリアムの大学生として戦争の始まりを仲間たちとの交遊のなかで無為にやりすごし、もう一方では傷病兵として傷痍軍人療養所から「二度と療養所へは戻らない決心」（「『戦中手記』後記」、『全集Ⅱ』五三六頁）をして外泊許可を得るかたちで両親の郷里である福井県（当時）大野郡石徹白村に疎開し、想定していたとおりの敗戦を迎えている。

「僕たちが戦前に於てすでに戦後的であった」（『全集Ⅱ』六五頁）ことを鮎川信夫は「現代詩とは何か」のなかで言明しているが、第一次世界大戦後のT・S・エリオットやポール・ヴァレリーをはじめとするヨーロッパの詩人や知識人たちの思想や文学をいちはやく吸収していた『荒地』グループの詩人たちにとっては日本帝国主義の自爆的敗北は自明だったからそこにはいかなる迷蒙も入り込む余地はなかった。鮎川の〈戦争〉はそのことをより確信的なものにしたにすぎなかった。その意味では、鮎川の戦前、戦中と戦後は劃然と分節されるというよりも、相互に溶融しあっており、そのかぎりにおいては戦前―戦中―戦後がひとつの連続線となって鮎川の詩と思想の歩みを特徴づけている、と言ってよい。

北川透は「橋上の人」を論じた初期の文章のなかで、この点について「鮎川における戦後は、敗戦を境においた断絶ではなく、精神の危機に対する正しい感覚を基底においた継続として、はじめられたことを、何よりもいちじるしい特色としてあげなければならないであろう」（「『橋上の人』論――鮎川信夫の詩的世界」、『北川透　現代詩論集成1』四一〇頁、傍点―原文）とすでに指摘している。鮎川はそうした日常と非日常が交錯する戦前―戦中―戦後の時間的連続性のなかで、みずからの詩の方法を転換させ、詩論でそれを跡づけていく。その転換の位相と意味をこそわれわれは問わねばならないのである。

1

高い欄干に肘をつき
澄みたる空に影をもつ　橋上の人よ
啼泣する樹木や
石で作られた涯しない屋根の町の
はるか足下を潜りぬける黒い水の流れ
あなたはまことに感じてゐるのか
澱んだ鈍い時間をかきわけ
櫂で虚を打ちながら　必死に進む舳の方位を

（戦中版「橋上の人」第一連、『全集Ⅰ』五二九頁）

この暗い、半ば亡霊と化した人物はまさに鮎川信夫の戦中期の暗中模索状態にあった時代の影を色濃く背負っている。〈澄みたる空〉と対比的に橋の下を流れる〈黒い水の流れ〉、そのなかで〈澱んだ鈍い時間をかきわけ／櫂で虚を打ちながら　必死に進む舳の方位〉はいっこうに明らかでない。そして第四連では、この方位について問いかける。

夢みる橋上の人よ
この泥に塗れた水脈もいつかは
雷とともに海へ出て　空につらなる水平線をはしり
この橋も海中に漂ひ去って　躍りたつ青い形象となり
自然の声をあげる日がくるだらうか

（同前五三〇頁）

しかしこの問いは空しい。詩人が予感しているように、〈自然の声をあげる日〉がくるはずがないこと、願望にすぎないことを強調しているだけである。だからこの篇の最終連で詩人は最終的な断を下す。――〈橋上の人よ　美の終局には／方位はなかった　花火も夢もなかった／風は吹いてもこなかった〉（同前五三二頁）と。

この詩は三好豊一郎が戦争中に出していた『故園』に掲載され、スマトラの戦地にいる鮎川信夫のところに送られてくる。このときのことを後年、鮎川はつぎのように書いている。

「橋上の人」は、戦前、戦中における私の詩的な総決算のつもりで書いた詩で、昭和十七年のはじめ頃には出来ていたが、発表されたのは昭和十八年、三好豊一郎が出していた詩誌「故園」誌上で、三好の手紙と一緒に併載された。そのとき私はもう軍隊に入っていて、内地を離れ、スマトラの守備についていたが、遺書のつもりで残してきた詩が活字になってはるばると南方の陣地に送られてきたときの驚きと感激を、今も忘れえない。

（「詩的自伝として――立風選書『鮎川信夫自撰詩集』」、『全集VII』二八五頁、傍点――引用者）

鮎川信夫にしてはめずらしく率直な文章だが、たしかに、そのときの驚きはわれわれの想像を超えるものがあったにちがいない。おそらく一度は生還をあきらめたこともあっただろう鮎川にとって、まるで異界からの地獄への贈り物のように感じられたはずだ。このとき、詩とは、軍隊のなかで一兵卒にすぎなかった者が〈鮎川信夫〉として呼び戻される瞬間＝契機《モメント》でもあった。

田村隆一が証言しているように、鮎川が軍隊に入営するさいの見送りの詩人たちの振舞いは当時としては相当に異様であった。まわりの入営者たちへの騒々しい「万歳」の声とは別に、鮎川自身も見送りの詩人たちも「だれひとり、鮎川に万才をとなえなかった」からである。鮎川はかるく片手をあげて「じゃ」と言うだけで「クルリとぼくらに背を向けて」去っていくのである。

あの背幅のひろい、彼独特の肩がぼくらの視界からきえた瞬間、彼は、ぼくらとはまったく価値体系をことにする世界の人間になってしまったのだ。その世界は、警察権も介入できない、軍刑法の支配する、天皇の統帥する絶対主義的な集団だった。彼は、鮎川信夫という固有の精神と知性の世界から別れをつげて、上村隆一という本名に還元され、陸軍二等兵という帝国陸軍の序列にくりこまれたのである。　（田村隆一『詩と批評D』一九七三年、思潮社、二四一頁）

この田村隆一の証言は貴重なものである。鮎川信夫という人間が生からなかば約束された死へと向かうこういう場面においても平然としてみせる器量というか、ぎりぎりのダンディズムをもっていたことを見逃すことはできない。しかしそれと同時に、簡単に自己を放棄するようなヤワな人間でもなかったことは、前節にみた軍隊教育における身の処し方ひとつをとっても明らかである。

## 2

戦地からなんとか帰還できた鮎川信夫にとって敗戦にいたる期間はどのようなものだったのだろうか。ここで鮎川が来たるべき戦後世界でみずからを立て直す必要を感じていただろうことは想像に難くないが、そのさいに再出発の起点としたのがこの「橋上の人」であった。鮎川は「戦中手記」のなかでこのあたりのことを明快に書いている。

僕は僕の留守中に三好の「故園」に発表された僕の詩「橋上の人」を、新しく加筆し不備を補ひ、再び詩の世界に近づきはじめた。僕は〝荒地〟以後の、単に運命に翻弄され、どこへ流されてゆくか解らぬやうだった期間の、さまざまな脈絡を明瞭に理解しはじめ、戦争についても一層深く考へようとするやうになった。その期間中に無意識に蓄積せられた観察が、次第に一つの言葉に表現を集中してゆく契機を与へられ、無償な無秩序な、計量することも出来なかった混沌が、次第に統一せられていったのである。さうした精神の集中的な働きが熱を帯びてくるに従ひ、一つの中心観念の中に、今までの乱雑な経験が新らしい意味として溢れてくるやうになった。／僕はかつての日の絶望の記念として書いた「橋上の人」として再び、過去と未来への橋上へ立ったのである。（「戦中手記」、『全集Ⅱ』五〇一頁、傍点—引用者）

敗戦時、鮎川は、前述したように両親の郷里の福井県大野郡石徹白村にこもっていたのだが、十二月に上京する。そこから四散した詩人たちとの交流を徐々に再開していくのだが、それは互いに居所はおろか生死もわからないまま手探り状態での人間関係の再構築であった。そういうなかで鮎川がこだわったのが「橋上の人」の改稿であったのだ。鮎川は後年、この詩の改稿についてあらためて述べている。

「橋上の人」は、戦争中から何回か書直して、途中二度ほど雑誌に載せ、『荒地詩集』（一九五一年版）に発表したものを以て決定稿とした。「橋上の人」のイメジには、多くの比喩的な意味を付与してきたが、私自身にとっては、戦前と戦後をつなぐ橋になったという意味が最も大きいと考えている。
（「詩的自伝として」、『全集Ⅶ』二八六頁、傍点―引用者）

この〈戦前と戦後をつなぐ橋〉というイメージは、戦争中におけるこの作品の改稿において〈過去と未来への橋〉の上に立つ者としてもすでに十分に自覚されていたのである。鮎川において「戦前―戦中―戦後がひとつの連続線」である、というのは、こういう認識がすでに戦中において戦後を先取りしたかたちで実現していたからである。〈橋〉とは戦中と戦後をつなぐ役割を果たしているのだが、鮎川自身は〈橋上の人〉そのもの、つまり橋を渡る＝通過するひとではなく、そこにとどまり、過去から未来へ時代が流れていくのを定点観察するひととして存在しつづけようとするのである。(＊1)

（＊1）田口麻奈はその浩瀚な『〈空白〉の根底――鮎川信夫と日本戦後詩』（二〇一九年、思潮社）のなかで「橋上の人」にも長い一章をあてており、この作品の詳細な分析を試みている。詩劇やサルトル『嘔吐』との同時代的なかかわりなど多次元な読解への道を拓いてもいる。

では決定稿「橋上の人」は戦中版のそれからどう改稿されたのか。

まず見えやすい差異はその長さである。戦中版は八連五六行だったものが、決定稿（戦後版）では八部一四連二二九行に大幅に加筆されていることである。いくつかのキーワードの残存と基本的な骨組みの構造的同一性（「橋上の人」への呼びかけのスタイル）を別にすると、ほとんど別の作品と言っても過言ではない。

つぎに共通点を見てみよう。

彼方の岸をのぞみながら
澄みきった空の橋上の人よ、
汗と油の溝渠のうえに、
よごれた幻の都市が聳えている。
重たい不安と倦怠と
石でかためた屋根の街の
はるか、地下を潜りぬける運河の流れ、
見よ、澱んだ「時」をかきわけ、
櫂で虚空を打ちながら、
下へ、下へと漕ぎさってゆく舳の方位を。

（「橋上の人」（決定稿）、『全集Ⅰ』五九頁）

〈はるか足下を潜りぬける黒い水の流れ〉→〈はるか、地下を潜りぬける運河の流れ、〉や、〈澱んだ鈍い時間をかきわけ／櫂で虚を打ちながら　必死に進む舳の方位を〉→〈澱んだ「時」をかきわけ、／櫂で虚空を打ちながら、／下へ、下へと漕ぎさってゆく舳の方位を。〉などはイメージに若干の変化（たとえば水平移動から下方への沈潜）は見られるものの、意味するところはほとんど変わらない。あえて言えば、戦中版の〈橋上の人〉には〈澄みたる空に影をもつ〉というシルエット影像としての非在感があったが、そういうイメージが消えていることぐらいである。

もうひとつ重要な共通点をあげておけば、戦中版第八連と決定稿第八部冒頭の箇所である。すでに引いたように、戦中版では〈橋上の人よ　美の終局には／方位はなかった　花火も夢もなかった／風は吹いてもこなかった〉とあるのが、決定稿では〈橋上の人よ、／美の終りには、／方位はなかった、／花火も夢もなかった、／「時」も「追憶」もなかった、／泉もなければ、流れゆく雲もなかった、／悲惨もなければ、栄光もなかった。〉（同前七〇―七一頁）とたたみかけているが、基本的にはそれぞれの第一連で設定された〈舳の方位〉を問う問いにたいして漠とした方向性以外になにも答えがないという結論が導かれるだけであることに変わりはないのである。

ここで戦中版「橋上の人」よりさらに以前、一九四一年三月に発表された「囲繞地」という戦前の作品に注目したい。〈だがあなたの素直さは／充分に人目を惹き／かつはまた　あの人たちを悲しませる黄昏を創った〉（「囲繞地」、同前五一二頁）〈また明日　お会いしませう　もしも明日があるのなら〉（同前五一五頁）といった印象的な詩句がふくまれる長篇詩だが、そこにも橋とそこに凭れる男のイメージが出てくる。

あの陸橋の上を
いつも群集は流れてゆく
錆びた鉄柵に凭れる小男の悲哀よ

（同前五一三頁）

しかしここでの〈小男〉は「橋上の人」とは異なる。鮎川本人が自認している〈橋上の人〉はけっしてこの〈小男〉ではないだろうし、現にこの男はいつのまにか〈あなた〉と同一化して、〈あなたは冷たい石段を降り／人影にまじって　小刻みに人々に倣ひながら／新聞紙の上を歩いてゆく　固い心をもち／うなだれて　あなたを待ってゐるバスに乗った〉（同前五一四頁）のである。いずれにせよ、ここに出てくる人物たちはそれぞれがまだ孤影にすぎないし、流れていく人間たちの点描のひとつにすぎない。ここには「橋上の人」の構想の萌芽はあっても、「橋上の人」の移動することのない観察者の目はまだ存在しない。抒情の豊かさと時代状況へむける批評のまなざしが優れた作品を成り立たせているものの、「橋上の人」にリメイクされて時代を大きくとらえ直す視点はまだ十分に熟成していない。

戦中版と決定稿「橋上の人」の差異を決定づけるものは、その長さの違いばかりでなく、戦中から戦後にかけて鮎川が獲得した認識の深さと厚みによるのではないか。決定稿には、戦後の荒廃した都市風景やすさんだ人間関係などを織り込んだ詩行が追加されている。たとえば第III部

――

橋上の人よ
あなたは冒険をもとめる旅人だった。
一九四〇年の秋から一九五〇年の秋まで、
あなたの跫音と、あなたの足跡は、
いたるところに行きつき、いたるところを過ぎていった。
橋上の人よ
どうしてあなたは帰ってきたのか

（中略）

まるで通りがかりの人のように
あなたは灰色の街のなかに帰ってきた。

新しい追憶の血が、
あなたの眼となり、あなたの表情となる「現在」に。
橋上の人よ
さりげなく煙草をくわえて
あなたは破壊された風景のなかに帰ってきた。
新しい希望の血が、
あなたの足を停め、あなたに待つことを命ずる「現在」に。

（「橋上の人」（決定稿）、同前六二―六三頁）

このなかで〈一九四〇年の秋から一九五〇年の秋まで、〉とあるが、一九四〇年秋とは、もしかしたら先に引いた「囲繞地」執筆の時期かもしれないし、あるいは戦中版「橋上の人」の初稿構想の時点かもしれない。また一九五〇年秋とは、決定稿を書き直している時期、〈あなたに待つことを命ずる「現在」〉のことかもしれない。いずれにせよ、この作品は戦前から戦後にわたって足かけ十年を要した、鮎川信夫にとって決定的な作品だったのである。この決定稿には鮎川の代表作「繋船ホテルの朝の歌」や「死んだ男」をはじめとする戦後の秀作につながるフレーズが断片的に読み取れるという意味でも、鮎川の戦後詩の出発地点を実質的にも明示している。それ以外にも、葛藤の深かった父親との関係を〈大いなる父よ〉としてキリストに擬して呼びかけたⅦ部のような部分までそろっているのであって、これからの詩人としての鮎川の方向をおのずから予告する作品となっている。

のちに、鮎川信夫はこの時期の詩作の大きな特徴を整理して、書いている。

この時期（一九四六―一九五一年、敗戦から『荒地詩集』刊行までを指す――引用者）の作品は数はすくないが、その後の私の詩作を決定したという意味で大事であり、内容もわりあいに充実しているとおもう。／戦前、戦中の作品とくらべて、いちじるしく違ってきた点は、経験的なものの占めるウエイトが重くなってきたことであろう。観念として浮遊していた思想が、経験によって験されて、少しずつ現実に沈澱し、心理的に複雑な陰翳をもちはじめたといえるかもしれない。

（「詩的自伝として」、『全集Ⅶ』二八五―二八六頁）

決定稿「橋上の人」はその意味でも、戦中版「橋上の人」に〈経験〉というフィルターを通したさまざまな戦後のイメージを加味した、避けることのできない出発点だった。そこには戦中から戦後への連続とともに〈経験〉を媒介とした飛躍もあった。「橋上の人」は鮎川の戦前、戦中から戦後への転移において重要な結節点であり、鮎川はそこで戦前と戦後をつなぐ橋の上で時代状況を定点観察するひととして戦後へ決定的に足を踏み入れるのである。鮎川は進行していく時代の流れに棹さすのではなく、戦前・戦中からもちきたらした時代認識を研ぎ澄ませながら、それに独自の戦争体験（軍隊体験）を加味した認識力と批判精神で時代と対峙していこうとしたと考えてよいだろう。その意味で、鮎川の戦後初期の代表作であるとともに戦後詩の出発点を飾ったと言われることの多い「死んだ男」という詩のもつ意味をあらためて考えてみる必要がある。

3

戦後あたらしく刊行された『純粋詩』十一号（一九四七年一月刊）に発表された「死んだ男」とはつぎのような作品である。重要な作品なので全行を引く。

たとえば霧や
あらゆる階段の跫音のなかから、
遺言執行人が、ぼんやりと姿を現す。
——これがすべての始まりである。

遠い昨日……
ぼくらは暗い酒場の椅子のうえで、
ゆがんだ顔をもてあましたり

手紙の封筒を裏返すようなことがあった。
「実際は、影も、形もない？」
――死にそこなってみれば、たしかにそのとおりであった。

Mよ、昨日のひややかな青空が
剃刀の刃にいつまでも残っているね。
だがぼくは、何時何処で
きみを見失ったのか忘れてしまったよ。
短かかった黄金時代――
活字の置き換えや神様ごっこ――
「それがぼくたちの古い処方箋だった」と呟いて……

いつも季節は秋だった、昨日も今日も、
「淋しさの中に落葉がふる」
その声は人影へ、そして街へ、
黒い鉛の道を歩みつづけてきたのだった。

埋葬の日は、言葉もなく
立会う者もなかった
憤激も、悲哀も、不平の柔弱な椅子もなかった。
空にむかって眼をあげ
きみはただ重たい靴のなかに足をつっこんで静かに横たわったのだ。
「さよなら、太陽も海も信ずるに足りない」
Mよ、地下に眠るMよ、
きみの胸の傷口は今でもまだ痛むか。

(『全集I』一六―一七頁)

この作品は戦中に書かれた「耐えがたい二重」「トルソについて」をふくめて戦後に発表された四番目の詩にあたり、(*2) 決定稿「橋上の人」よりも先行していることは注意されてよい。つまり「橋上の人」において確立されることになる鮎川信夫の戦後詩的スタートの立脚点をある意味では先取りするかたちで公表されたとも言えるのが「死んだ男」なのである。冒頭にいきなり出現する〈遺言執行人〉とは誰なのか。〈すべての始まり〉として表象されるこの〈遺言執行人〉の登場が〈戦後詩〉の空間のなかにいきなり何者かの〈死〉を刻印する。もちろん当時の時代状況のなかでそれがただちに戦争の死者を一般的に表象するものとして受け止められたことは間違いないだろう。しかしにもかかわらず、ここで「M」というイニシャルで刻みつけられた死者が鮎川にとって特別に重い意味をもつなにものかであったことは見逃すわけにはいかない。そしてそれがビルマで戦病死した森川義信という詩人を指すことはさまざまな資料によっても明白である。

この森川義信は香川県出身で早稲田第二高等学院文科の時代から（山川章のペンネームで）鮎川信夫と一九三九年創刊の第一次『荒地』の仲間であり、東京ルナ・クラブ設立の会合のさいにも出席している。森川は女性的で繊細な抒情詩の書き手として当初から仲間内の評価はまずまずだったが、鮎川にとって、やはり早世した牧野虚太郎（本名は島田実）とともに「詩人として、最初からじつにまじり気のない存在」（「詩的青春が遺したもの――わが戦後詩」、『全集VII』二一二頁、傍点―原文）であった。この森川は鮎川より二歳年上であるが寡黙でウブなところがあり、病気がちで故郷の香川県へ帰郷することも多かったが、戦前から開戦の数年にわたる『LUNA』『LE BAL』『詩集』とつづくかかわりのなかで森川は同人からの人望があり、鮎川の証言によれば、その時代の最後のころの「最も希望にあふれた活発な時期を、新宿時代の森川義信が代表してい

---

（＊2）鮎川は「詩的自伝として――立風選書『鮎川信夫自撰詩集』」（『全集VII』二八五頁）のなかで、福井の療養所で書いて三好豊一郎に送った「海鳥」という作品があると書いたあと、「終戦までに、このほか四、五篇の詩を書いたが、そのうちの二篇が戦後に発表した『トルソについて』『淋しき二重』の中に痕跡をとどめているだけで、あとはどこかに散佚してしまった」と書いているが、ここで「淋しき二重」となっているのは詩の内容から言って、あきらかに「耐えがたい二重」の誤記であろうと思われる。

たのではないかと思う。彼が新宿からいなくなると、しばらくは会合の空気までが冷えて感じられたものである」（『全集VII』二四二頁）というほどの存在感があったようである。しかし森川はけっして社交的なタイプの人間ではなかった。鮎川は森川の人間性をこんなふうに書きとめている。

彼は、話相手として、面白い男というのではなかった。口は重いほうだったし、才気煥発とはほど遠かった。また、特に人前で精彩を放つような個性的な魅力に恵まれていたとも思えない。体格は、地方の青年の相撲大会の選手にえらばれたくらいだから堂々としていたが、万事に控え目なおとなしい性格だったので、どちらかといえば目立たない人間の部類に属していた。（同前二四三頁）

この文章が書かれたのが一九七四年で、戦後直後の興奮というか昂揚がひとたび冷めてしまった時期に書かれたものだということは押さえておかなければならない。この時点で鮎川信夫は森川義信の人間像を冷静に書きとめているが、戦後まもなくの鮎川の森川への思いははるかに熱いものがあった。森川は一九三九年には早稲田第二高等学院も中退してしまい（鮎川も結局そうなるのだが、それよりもずっと早く）、見かけとちがって肋膜を患ったことのある病弱の身でむざむざ軍隊にとられ、一九四二年八月十三日にミイトキーナ第二野戦病院で細菌性赤痢のため病死している（「失われた街」、同前三四四頁）。鮎川はその年の十月に入営するのだが、そのまえに「最も尊敬する詩人にして、〝荒地〟の友森川」の戦死の知らせを受け取って、「非常な打撃」をこうむっている（「戦中手記」、『全集Ⅱ』五〇二頁）。「死んだ男」で「M」として呼びかけられた森川義信への熱い思いと三十年後に書かれた鮎川の冷静な森川評価とのあいだにたんなる時間の経過だけではないものを感じさせられるのはわたしだけではないだろう。

## 第三節　森川義信という鏡像

1

前節で書いたように、「死んだ男」で鮎川信夫は森川義信の遺言を受け取った執行人としてみずからを規定するところから戦後を出発したのであった。その遺言とは、鮎川が出征する森川からの最後の手紙にあった「僕のことを思ひ出すことがあったら〔トーマス・マンの〕『魔の山』の最後の一頁を読んでくれたまへ。私の未来は起きてゐても倒れてゐても暗いのだ（＊3）」ということばであった。暗い時代を生き延びることになった鮎川がこのことばを受けて〈遺言執行人〉としてのみずからをあえて選択するというのは、戦後の状況に向きあおうとする青年としては自然であったし、さらに言うならば、鮎川が選んだのは森川義信に代表される戦死者のそれであるだけでなく、そうした若き仲間たちの死者をふくむ同世代のそれであり、ひいてはみずからのそれでもあった。

鮎川信夫とその同世代の戦後的出発は、生きながらにして死の影を背負っており、敗戦後という混沌とした世相を背景にした先行きの見込みのないものであったが、それはとりわけ、仲間のひとり中桐雅夫が言うように、〈ロスト・ジェネレーション〉として、戦争詩（愛国詩）に荷担した前世代とも、その前世代に指導され懐柔された後発の世代とも離れた「妙な立場に追いこまれた」（中桐雅夫「lost gereration の告白」、『現代詩論大系1』一九七一年新装版、思潮社、六九頁）世代としての、詩壇的にも孤立したなかでの出発なのであった。

とはいえ、鮎川信夫はかならずしも世代論に依拠する論者としてみずからの戦後的出発を意図したわけではなかった。鮎川は一九五九年時点でこんなふうに書いている。

各個の意識をつなげ合せる紐帯によって強固に結ばれているかにみえた初期の荒地グループも、いわばそのグループとしての命運を左右する世代的自覚において、最初からかならずしも一致していたわけではないことを指摘すれば足りる。戦争体験に根ざした共通の意識はあったが、芸術運動に必要な意識の共有はなかったのである。／したがって、そこにはグループのための行動といったものがなかった。（中略）グループの感情といったものがあったとしても、それは装われたものにすぎなかった。各個は、装われた感情の下にあって、暗黙のうちに自己の行方を決めていったのである。

（「戦争責任論の去就」、『全集Ⅳ』四七七頁）

だからこそ鮎川は、世代としてでも『荒地』グループとしてでもなく、あくまでも単独者として、失なわれた仲間の詩人たち、森川義信や牧野虚太郎、親しい友でもあった竹内幹郎といった、戦後も生きていればともに詩の世界を歩むこともできたであろう真に親しい死者たちに惜別する個人的な思いが強かったのだろう。とりわけ森川義信への思いが強かったことが「死んだ男」に集約されているわけである。鮎川は先の引用につづけて「死んだ男」について解説してくれている。

「死んだ男」は、私にとって啓示であったし、固執する理由は十分すぎるほどであったのである。／だが、私は「死んだ男」を、戦争で犠牲になった死者一般の象徴とはとらなかったし、あくまでも単独者として考えようとした。そして、この考えが、以後の私の思想的行動

（＊3）「戦中手記」、『全集Ⅱ』五〇二頁。ここで引かれている『魔の山』の最後の一頁には「さようなら——君が現実に生きているにせよ、あるいは単なる物語の主人公としてとどまるにせよ、これでお別れだ。君のこんごは決して明るくはない。君が巻きこまれた邪悪な舞踏は、まだ何年もその罪深い踊りを踊りつづけるだろう。君がそこから無事で帰ることはあまり期待すまい。（中略）君が味わった肉体と精神の冒険は、君の単純さを高め、君が肉体においてはおそらくこれほど生き永らえるべきではなかったろうに、君をなお精神の世界において生き延びさせてくれたのだ」（高橋義孝訳、新潮文庫、下巻、六四六ページ）とある。

を決定したのである。（『全集Ⅳ』四七八頁）

このことばは平凡な世代論に還元されることのない、鮎川信夫の思想的立場宣言のようにもとれるが、とは言っても、この詩を書いた時点での鮎川がそこまでの明確な認識をもっていたかは疑わしい。たしかに森川義信に代表される戦死者への哀悼と嘆きの深さには並みはずれたものがあった。しかし、鮎川がここまで言うからにはやはり何かあるのではないかと思わせるのは、森川への鮎川の思いが尋常ではないからである。そこに深い理由があったことを後年、鮎川はある事情から語りはじめるのであるが、そのまえに鮎川が絶対的に評価し、同人仲間にも圧倒的に支持された森川の「勾配」という詩を見ておかなければならない。

「わずか十八行の短詩だが、さっと一読しただけで、私は、目がくらむような思いがした。何度も繰り返して読んだが、感動の波は高まるばかりであった。」（「森川義信Ⅱ」、『全集Ⅳ』五五頁）「私にとって、それは同時代の詩人の作品に心から動かされたという点で、ほとんどはじめての経験だった。」（同前五六頁）――これは「勾配」を原稿で初めて読んだときの鮎川の記憶である。ここまで鮎川をして語らしめる作品「勾配」とは以下のような作品である。

非望のきわみ
非望のいのち

はげしく一つのものに向って
誰がこの階段をおりていったか
時空をこえて屹立する地平をのぞんで
そこに立てば
かきむしるように悲風はつんざき
季節はすでに終りであった
たかだかと欲望の精神に
はたして時は
噴水や花を象眼し
光彩の地平をもちあげたか
清純なものばかりを打ちくだいて
なに故にここまで来たのか
だがみよ
きびしく勾配に根をささえ
ふとした流れの凹みから　雑草のかげから
いくつもの道は　はじまっているのだ

暗い時代世相を反映したかぎりなく絶望的な詩だが、立原道造を髣髴とさせるところもあるたしかに美しい抒情性にあふれた作品であることは間違いない。鮎川の「死んだ男」との共通性として〈階段〉とか〈季節〉といったキーワードが効果的に機能しているのも見逃せない。ふたりの詩的資質に共振するものがあったのだろうし、若い詩人同士の相互影響的な官能性も見ておかなければならない。ここにのちに鮎川が起草して『荒地詩集一九五一年版』に掲載された『荒地』のマニフェストとも言うべき「Xへの献辞」での〈無名にして共同なる社会〉(「Xへの献辞」、『現代詩論大系1』一三一頁)への幻想を見てとることもできようが、そこにはもっと微妙で親密な関係が認められるのである。

2

一九八一年の暮れに、鮎川信夫は斎藤英治という、森川義信の早稲田第二高等学院時代に「裸群」という同人誌を森川とともにやっていたひとの訪問を受け、森川の手書きの小詩集を渡される。それは昭和十二年十二月二十七日~同十三年一月七日と日付の付いた「悒鬱な花」という総題の付いた七篇から成る原稿である。その内容についていま問うつもりはないが、そのころ低調だったという鮎川にとっては、その突然の未知の原稿の出現という事実が「無名にして共同の多数の意志が働いていて、一人の詩人の魂を復原させ、もう一度この世に、完全な姿で再現させたがっているのである」（「失われた街」、『全集Ⅶ』三〇四頁）という森川への思いをあらためてかき立てられることになる。

　これをきっかけに「失われた街」という『現代詩手帖』での短期連載（一九八二年二月〜七月）が書かれることになるわけだが、そこで鮎川はこれまで触れたことのなかった森川との複雑な関係を書きはじめる。ここではおそらくこれまで書くことができなかったある秘密の事情を、このさい証言しておこうとでもいうような思い切りがあったのではないか、とも思われる。

　ここで気をつけてみたいのは、森川義信の死後、その出生地丸亀の役場から鮎川あてに届いた前述した森川の遺言に――「一貫して変らぬ好誼を感謝します。この気持は死後となっても変らないだらうと思ひます」と書き残してあったと（「不気味なほど森川の手蹟と酷似していた[*4]」誰かの字体で）書かれていたことに鮎川がこだわっていることである。

　この遺言の最後の「……だらうと思ひます」という一種の逡らいのある仮定に、私は、あるこだわりを感じないではいられなくなった。それは、いつまでも消えない木霊のように、私の心の中に、かすかに不安な残響をのこす。

（「失われた街」、同前三三八頁）

---

（＊4）「失われた街」、『全集Ⅶ』三三八頁、傍点―引用者。なお、この遺書は「戦中手記」、『全集Ⅱ』五〇二頁にも引用されている。

おそらくふつうならば無視してもいいちょっとした含みのある表現に鮎川は過剰に反応している。「だらう」がなければ、たんなる友情の確認だが、森川の書き方のなかにそう断言できない、断言したくないなにかがあったように読めるし、それを鮎川が敏感に感じ取っているのではないか。なにかのわだかまりが両者のあいだに潜在していたということではないか。だからこそ戦後の三十七年という時間が必要だったのであろう。

## 3

一九三九年の夏のはじめごろ、いつものように新宿の酒場での森川もふくむ仲間とのおしゃべりのあとで、鮎川は森川から「ちょっと話があるんだ」と言われて、わざわざ場所を変えてまでその話を聞くことになる。逡巡もあってかなかなか口を開かない森川が鮎川に催促されてようやく口に出したことは、二日後にいっしょに行く予定になっているある旅行にかんする依頼であった。それはTという同人仲間の女性と鮎川、森川と三人で箱根に泊まりがけで遊びにゆくという計画で、そこから鮎川におりてもらって、つまりは自分とTのふたりだけで行きたい、という頼みなのであった。「私たちのグループでは派手な目立つ女子学生」（同前三〇九頁）と鮎川が言うところの「T」とは谷恵子という『LUNA』同人であり、[＊5]大阪出身の裕福な家庭の女子学生であって、田村隆一の回想によれば、「津田英学塾の学生で、関西のブルジョア娘の谷恵子君は、森川と鮎川のあとを追いまわしていたっけ」（田村隆一『詩と批評D』五四頁）などと証言されているが、他のメンバーからはそんなふうに思われていたらしい。いずれにせよ、ひとりの若い女性とふたりの若い男性が一泊旅行に行くということ自体がこの時代としてもかなり異例のことだったと思われるが、『荒地』メンバーそれぞれにかんしてはすでにこういう面ではかなり「進んで」いたところがあったのは事実である。鮎川はもともと気が進まない旅行であったらしく、この森川の申し出にたいして、当日に急用ができたことにして、新宿駅まで断わりに行き、ためらうTと森川をいっしょに行かせるのである。

なんとも、ばつの悪い瞬間であった。森川からたのまれて、この旅行からおりることを承知したときには、この役がこんなに間のわるいものだとは全く予期していなかった。どんな意味でも演技が不得手であるうえに、事、恋愛に関して、このときの私は全く未経験といってよかった。Tさんは私と同年で十八歳前後、森川は二十歳だった。私ほどおくてではなかったにしても、未経験という点ではお互に似たようなものであったろう。

（「失われた街」、『全集Ⅶ』三一〇頁）

（＊5）「詩的青春が遺したもの――わが戦後詩」の最初のところで一九三八年四月十七日に第一回の東京ルナ・クラブの会合が開かれたことが記述されているが、そのときの出席者九名のなかのひとりとして谷恵子の名前が挙がっている。『全集Ⅶ』一九四頁。

この旅行の結果が芳ばしくなかったことは、鮎川が森川に翌日会いに行って確認している。若い不器用な青年にはよくありがちな失敗だろうし、鮎川も「一つの恋愛が不首尾に終ったくらいのことは大したことではあるまい」（同前三一一頁）と軽く考えていたのだが、どうもそんなものではなかったらしい。森川はもっといちずにTに思いこがれていた可能性があるからである。「失われた街」での鮎川のつぎの記述は注目にあたいする。

今から考えると、このときの恋愛の首尾、不首尾は、森川にとって大きな運命の岐路であったかもしれない。その理由は二つあって、詳しく述べることには憚りがあるが、首尾よくいった場合、もしかしたら、この年の十二月の早稲田第二高等学院退学はなかったかもしれないし、それに由来する昭和十六年四月の丸亀歩兵聯隊入隊もなかったかもしれないと思うからである。（同前）

鮎川はここで二つの理由のひとつを「憚り」があって明かしていないが、もうひとつの理由は、このTとの恋愛が成就したとしたら、森川のその後の「デスペレートな生活ぶりは改まっていたかもしれず」（同前三一二頁）、そのことによって森川は退学〜入隊〜戦病死といった運命を免れることができたのではないか、という可能性を想定できるというわけである。しかしじつは、ここで鮎川が明らかにしないもうひとつの理由がその可能性自体を否定しているのである。

鮎川が森川と会って事情を聞き、慰めることができたと思ったその翌日の午後、鮎川は自宅に「腫れぼったい顔をして、何か思いつめて怒っているような」Tの訪問を受け、旅行のキャンセルをなじられたうえに、突然「言葉尻をひきつらせ、しゃくり上げるように泣き出した」Tから告白を受ける。「わたしが、あなたが好きなこと……知らなかったの?」と。ところが鮎川のほうは、こんな女性とのやりとりを家人(母親)にさとられることを気にするあまり、「そんなこと、わかるわけがないじゃないか」と突き放し、余裕さえ出てくる始末である。Tさんは「その一言で気勢を削がれ」、元気をなくしてしまう。それからしばらくTは一時間ほど鮎川の部屋でトランプ占いをして凶兆ばかり出るので、きっぱりとあきらめて帰ってしまうのだが、その足で行きつけの店「ナルシス」へ行き、他の同人を相手に「飲んで大荒れ」(同前三一九頁)するというオチがつく。このあたりの鮎川の筆致は、映画のシーンに見られるかのように息を呑むほどみごとなもので、ふたりの心理や位置関係もあざやかに描き出している。こうした記述のうまさは鮎川に天性のものがあったと言っていいが、そこに微妙なはぐらかしもときに存在することがあるから、ややこしいのである。だから鮎川はTとのやりとりを書いたそのすぐあとで平然とこんなことを書いているのである。

Tさんは、森川とともに東京LUNAクラブの最初からの仲間である。会合のたびに顔をあわせていたが、会合以外でも何度か会った記憶がある。二人だけで会うのは気づまりなので、いつの間にか森川を誘うようになったのかもしれない。だから、自分が彼女から好かれていることを、ぜんぜん知らなかったというわけではないのである。（同前三二四頁）

これはあとからの整理だから微妙だが、鮎川の人間関係を見抜く慧眼と、それがこと自分の問題、それも恋愛沙汰の問題になると意外なほどの盲目ぶりが同居するところを見ないといけない。さきに田村隆一のTと鮎川、森川の関係への見方を紹介したが、ほんとうのところはやはりはっきりしない。若い人間たちグループ内部での異性関係というのはそれほど複雑なところがあるわけだ。このTは女性としてはなかなか活発で、利発なひとだったのではなかろうか。鮎川がこの「失われた街」連載のいちばん最後で、いまは大阪で婿養子をとって実家の家業を継いでいるこの女性に連絡をする話が出てくる。そのときに昔の同人誌の同窓会をやろうという話が出て、その会に喜んで遠くから参加するという返事の最後に、「ただし、絶対に日帰りです」と書いてみせるセンスのある女性だった（同前三五三頁）。言うまでもなく、鮎川にすっぽかされ森川とふたりだけで行くはめになった箱根旅行のことをあてこすっているのである。

いずれにせよ、このTをめぐる鮎川信夫と森川義信のあいだにはきわめてねじれた三角関係があり、詩人同士の関係というだけではない、微妙な屈託があったとみていいだろう。鮎川がほのめかす「森川にとって大きな運命の岐路であったかもしれない」理由のひとつの「憚り」とは、

Tが鮎川を好きであって森川を好きでなかったという単純明快な理由で、森川の恋愛の首尾の可能性がじつは最初からありえなかったということを指しているのであろう。このことは、鮎川が森川にたいして抱かざるをえないある種の罪の意識を想定させる。鮎川にとっては自分に責任があるわけではないにせよ、みずからは引いて森川に自分を好きな女性を譲ろうとして、さらに深い傷を負わせてしまった結果責任というか罪障感は最後までぬぐえなかったのではなかろうか。そして鮎川は、もしこの箱根行きの件が、逆に、森川がなにかの事情でおりたとしたら、自分がTとふたりで行くことになっただろうと想像してこう書いている。

> この出来事は森川にとって運命の岐路だったと書いたが、もしかしたら、それ以上に、Tさんや私にとって大きな岐れ道だったかもしれない。そうだとすれば、戦後のながい期間を経たうえでの『森川義信詩集』を私の手で刊行することは不可能になっていたかもしれないのである。
>
> （同前三一八頁、傍点─原文）

これは二重の意味で不可能なのである。つまり森川義信は事前にTをあきらめることによって鮎川との屈託の深まりにいたらず、またデスペレートな生活に陥らずに退学〜入隊〜戦病死といった運命を免れることになり、戦後を生き延びることになったかもしれないからである。鮎川もまたTとの関係の深まりによってその後の人生にどのような進路をとることになったかもわからない。ただ、森川がTとの恋愛に失敗し、その結果として「勾配」という抒情詩の傑作が生まれたうえでなかば覚悟の戦病死をしてしまったことが決定的なのである。鮎川はこのことを誰よりもはっきり理解し、その内実にいっさい触れぬまま作品の認識を深め、その評価のうえにこの葛藤を投映したのである。

森川はTさんに真剣に恋をしたのであった。それを考えると、私は、絶望的になる。どうして今まで、こんな明白すぎる事実に気がつかなかったのであろう？／この年（一九三九年）の十月のはじめに書かれた「勾配」は、何よりもまずTさんとの恋愛の挫折を代償として成立した作品だったのである。／……ともあれ、人を愛することに必死だった独創的な詩人の、やむにやまれぬ個の苦闘が、世代に共通する普遍相と見事なまでに一致することで、「勾配」は、私たちにとって稀有の作品となったのである。（同前三二四―三二五頁、傍点―原文）

この地点からあらためて「勾配」という作品を読み直せば、そこに書き込まれた〈非望のきわみ／非望のいのち〉とはまさに森川の死にいたろうとする絶望であり、〈かきむしるように悲風はつんざき／季節はすでに終りであった〉という箇所に森川の痛切な心の叫びと恋愛の断念とを読み取らないわけにはいかない。「この詩の中に、一人の女性の肉体が封印されている」（同前三二五頁）ことに気づき、自身との葛藤の認識が明瞭になるのは後年のことになるにせよ、「勾配」をなにか鬼気迫るものとして了解し、その記憶を戦後のみずからの詩「死んだ男」に埋め込んだとき、鮎川は手応えのある、しかし未知なる世界へとしっかりと踏み込んだのである。〈Mよ、地下に眠るMよ、／きみの胸の傷口は今でもまだ痛むか。〉と詩の最後で語りかけたとき、〈きみの胸の傷口〉とは鮎川信夫自身の胸の傷口でもあったはずである。そこにこそ、森川義信が鮎川にとって鏡像的存在にならざるをえなかった秘められた理由があった。

北川透は一九七五年に書かれた「霧と跫音と」という鮎川信夫論のなかでこの「死んだ男」についてすぐれた分析を展開しており、「〈遺言執行人〉たる存在は、この《地下に眠るM》の《胸の傷口》をオブセッションとして成立しているのであった[＊6]」と鋭い洞察を示しているが、この評論が書かれた時点では鮎川の「失われた街」はまだ書かれておらず、そのためにこの〈胸の傷口〉の意味するより本質的なオブセッションがとらえられていない。鮎川のこの戦後的出発を伝える「死んだ男」の隠された意味の深みはそれだけ複層的なのである。

（＊6）『北川透 現代詩論集成1――鮎川信夫と「荒地」の世界』四七七頁。なお、この「霧と跫音と」は『現代詩手帖』一九七五年八月号に初出。

## 第四節　鮎川信夫と〈女性〉たち

この章を終えるにあたって、鮎川信夫とは誰か、という問いにとりあえずの回答をしておかなければならない。もちろん鮎川の詩と批評の仕事を今後も読み込んでいくなかで詩人鮎川信夫の全貌をとらえなおすことがどこまでできるかまだわからないが、鮎川について述べ尽くされた感があるというよくみかける言説は、鮎川にかんしてひととおりの定説ができているからにすぎず、それを繰り返しているだけのものが多いというだけの話である。鮎川個人についてもまだまだ論ずべき問題はあるし、鮎川を出発点ないしモデルとして論ずべき詩と詩論の課題はいくらでもあるはずだ。

もっとも最近は鮎川についての関心が薄らぎつつあるという一方の現実もあり、あらためて鮎川信夫の詩とは何か、という問いを立てていく必要を感じている。

ここまでの論述をふまえて鮎川信夫がどのような人間であったのか、という問題をひとまず跡づけてみたい。鮎川という特異な人物を解明することは同時に鮎川の詩や批評をより深く理解することにつながる。その詩を解明することを通じてはじめて詩人を理解できるというテクスト論的方向がいまは一般的かもしれないが、鮎川信夫ぐらいになるとより深く理解するためにその逆の方法も導入してみなければならない。この方法について、マヤコフスキーなどの詩にも造詣の深い言語学者ロマン・ヤコブソンは、「文学作品を、それが生じた状況の再現とみなしたり、未詳の状況を作品から導きだすような卑俗な伝記主義にも、作品と状況との結びつきを教条的に否定するような卑俗な反伝記主義にも、陥ってはならない」（ロマン・ヤコブソン「プーシキンの象徴体系における彫像」、『ヤコブソン・セレクション』桑野隆・朝妻恵里子訳、平凡社ライブラリー、二〇一五年、七二ページ。ゴチックは原文通り）と、はやくも一九三七年に強調している。

すでにいくつかの例を挙げたように、鮎川信夫は相当に屈折した人間である。詩人、批評家として確立された名声にもかかわらず、そのテクストのなかにさりげなく書き込まれている個性的な人間性と、そこにはけっして書かれることのなかった固有の秘密。そのあいだに何が生じていたのか。没後三十三年、その間に書かれたいくつかの評伝や研究によって、徐々にその秘密の糸口が解明されはじめようとしている。それらを読むだけでも鮎川という詩人は多様な解釈が可能であり、人間的にみてもおもしろい存在なのである。〈卑俗な伝記主義〉に陥らない範囲で、まずは人間鮎川の読解を試みておきたい。

1

鮎川信夫には「Who I Am」という比較的晩年（一九七七年）の、よく知られた作品がある。

世上がたりに打明ければ

一緒に寝た女の数は
記憶にあるものだけで百六十人
千人斬りとか五千人枕とかにくらべたら
ものの数ではないかもしれないが
一体一体に入魂の秘術をつくしてきたのだ

（『全集Ⅰ』三〇二頁）

この詩は発表された当時、相当な話題になったとされているが、いかにもこの偽悪的な、自己パロディ的な書き方ならそう解釈されても当然である。しかし牟礼慶子の言うような、この「百六十人」という「一緒に寝た女の数」とはじつは鮎川が書いた詩の数ではないか、という実証的な解釈もそれなりに整合性がある（牟礼慶子『鮎川信夫──路上のたましい』一九九二年、思潮社、二三八―二三九頁）。最初この解釈を読んだときにはずいぶんと微温的な、鮎川を追慕する女性詩人ならではのつまらない解釈だなと思って軽視していたことを覚えているが、あらためて鮎川の書いたものを通読してくると、この詩で鮎川が書いていることは、意外にこの牟礼の解釈に妥当するところがある。前節の森川義信とのからみで出てきたある女性詩人との微妙な三角関係のさいにも、鮎川は自分が女性にかんしてはウブなところがあったことを語っているが、もしかするとこのウブさは鮎川においては一生ついてまわったものかもしれないのである。

たとえば鮎川にはめずらしく短篇小説ふうの「ドライバー、ある日の出来事」という作品（『全集VII』一三三―一五五頁）があるが、それは、すでに初老の「私」（鮎川）が「ミサコ」というはすっぱな少女に食事や買物につきあわされふりまわされたあげく、性欲を満たすことなく駅のプラットフォームで別れてしまうまでの一日を記述したものである。欲望の実現を先送りする逡巡ぶりがどこかユーモラスで間抜けなのである。こんな掌篇を鮎川がなぜ書いたのか、ここに鮎川という人間の徹底的な観察者としての立場があらわれていると解釈するのもまんざら的外れではないだろう。

もうひとつ、鮎川のもっと自己暴露的でユーモラスな記述をあげておこう。それは最初の性体験の話である。あるとき鮎川は『荒地』の仲間と呑んでいる最中にちょっと中座して、「とうとう意を決して、ファクト・オブ・ライフを知るには実地にしかずと、新宿二丁目の遊郭に一人で赴き、登楼」する。「すぐ二丁目へ急行し、手近な店に飛びこみ、用をすますと、一時間足らずで」戻るという早業で誰にも気づかれずにすむ。「ちょうど女郎屋のさかりどきだったから、その妓楼では空いている女が一人しかいなかった。彼女は『酔っているのね』と露骨にいやな顔をし、勝手がわからないままに酔ったふりを装ってまごまごしていると、あれこれつっけんどんに指図し、私は『そこじゃないわよ』と怒られ、『しっかりしなさい』と叱咤されながら、とにもかくにも、その奇天烈なイニシエーションを終了させたのであった。なんだ、こんなことだったのか！　知ってしまえば、興醒めなものだと冷静に考えつつ（以下略）」（「失われた街」、『全集VII』三三二頁）などと鮎川は臆面もなく書いている。「大詩人」鮎川信夫らしからぬ、と言えばそれまでだが、そういう偽悪的な自虐的なところが鮎川にはあったのであり、またそれにもかかわらずこの偽悪性は鮎川の女性にたいするウブさをも精確に物語っているのである。その後の鮎川が「百六十人」の女性と交わったかどうかはわからないが、ありえないわけではない。〈ウブ〉であっても〈独身者〉にとっては可能な数字なのである。

2

〈独身者〉鮎川信夫がじつは一九五八年五月、三十八歳のときに英語学者、最所フミと結婚していたことは、生前ほとんど誰にも、親しい友人たちにも知られていなかったという話はうそのような本当の話である。鮎川はもともと母親との親近性が強く（いわばマザーコンプレックス的だ）、母親のほうも息子を実名で呼ばずに「信さん」と呼んで、原稿依頼や連絡など鮎川の秘書的な役割を果たしていたというし、電話番号なども特定の数少ないひとにしか教えていなかったらしいから、ふとしたはずみで私生活を他人に覗かれることを極度に警戒していたわけである。『荒地』の詩人たちさえ知らなかったというのだから驚きである。ある意味では、そこに鮎川の単独者としての真骨頂があるとも言える。

さらに驚くべきなのは、鮎川はそのまえに一度の不幸な（超短期間の）結婚（＊7）を経て、『荒地』

の同人でもあった女性詩人、佐藤木実との同居といったかたちで三年ほどの「結婚」生活を経験していたことである。鮎川の数少ない〈弟子〉を自称する河原晉也の『幽霊船長』には、この「目の覚めるような洋装の麗人」(『幽霊船長』一九八七年、文藝春秋、六〇頁)にインタビューしたさいの記事が残されていて、鮎川の幸福で家族的な一面が記録されている。佐藤木実の連れ子マリをうたった鮎川の詩「小さいマリの歌」にその心境があらわれている。

小さいマリよ
さあキスしよう
おまえを高く抱きあげて
どんな恋人たちよりも甘いキスをしよう
まあお髭がいたいわと
おまえが言い
そんならもっと痛くしてやろうと
ぼくが言って
ふたりの運命を

(＊7) 牟礼慶子『鮎川信夫——路上のたましい』の「鮎川信夫年譜」によれば、鮎川は一九四八年十一月に「静岡県出身の女性と結婚、ほどなく離別」したことになっているが、詳細は不明。

始めからやり直せばいいのだよ

(『全集I』一四八頁)

黒田三郎ばりの、鮎川信夫の書いたものとも思えないこうしたあまりにも幸福で家庭的な詩を書いたあと、おそらく木実の母親の都合もあってふたりは別れることになる(河原晉也『幽霊船長』六八頁)。この「小さいマリの歌」が発表されたのが『荒地詩集一九五四年版』だったから、それからしばらくして終生の妻、最所フミ(フミ子)と結婚することになるわけである。

この謎の英語学者はそれなりのキャリアを積んだ学者であり、アメリカでの生活も長く、鮎川が英語の雑誌を購読していたというのも最所の影響があったにちがいない。もしかすると、最所が購読していたものを読んでいただけかもしれない。原満三寿の伝えるところによれば、『荒地』同人の加島祥造の言い残したこととして、「鮎川は、むずかしい英語は読めない。難しい仕事は、評論家で英語学の最所フミに負うところが多かったであろう」(原満三寿「『荒地』のことなど」、『現代詩手帖』二〇一六年六月号)ということである。このすこし意地悪な見方は『荒地』同人間にあっては日常的なものであるが、[*8] じつは加島は最所と同居していたことがあり、別の女性とのあいだに子どもが生まれることになって、結婚するつもりだった最所と別れたという人間である。樋口良澄のインタビューに答えて、加島はアメリカに留学するにあたって最所と離れた経緯を語っており、その後釜に鮎川が座っていたことを鮎川の死のときまで知らなかった(樋口良澄『鮎川信夫、橋上の詩学』二〇一六年、思潮社、二二〇―二三二頁）という複雑な関係があるからこその、こういった評言なのではないだろうか。

いずれにせよ、最所は一九〇八年生まれ、鮎川より十二歳も年上の女性であり、写真で見るかぎり、女性的というよりかなり特異な雰囲気をもった学者だった。牟礼によれば、最所フミは生前いちども鮎川の母とは会わなかったという。（牟礼慶子『鮎川信夫――路上のたましい』二三六頁）活発で社交的な母と学者肌の最所とはおそらく相性が悪いだろうと鮎川が判断したのかもしれないし、鮎川の秘密主義がそうさせたのかもしれない。

ともあれ、鮎川と最所フミとの結婚生活は、フミが加島祥造と共同で新築した東京都目黒区大岡山の小さな家から始まる。(＊9) フミは仕事用として使う部屋を自分の好みにあわせて作ったが、そこに当初予定されていた加島が戻ってくることはなく、代わりに鮎川が転がり込んだことになる。そのことをアメリカからの帰国後につきあいを深めた加島にも伝えなかったことがいかにも鮎川

---

（＊8）鮎川信夫は「『美酒すこし』解説」という中桐文子（中桐雅夫夫人）の本で、「十代の終りから相互酷評集団だった『荒地』の仲間」として中桐の死のさいの三好豊一郎のふるまいについて書いている。本書二二九頁以下、参照。

（＊9）余談だが、この大岡山の家は、わたしが生まれ育った家と坂上と坂下のちがいはあるものの、すぐ近所だったフシがある。そうだとすれば、わたしの小さいころに鮎川とすれちがっていたようなこともあるかもしれない。さらに余談だが、わたしの推定があたっているとすれば、そのころ映画監督の篠田正浩と美人女優小山明子の夫婦も最所フミの家のすぐそばだったはずである。そのうち調べてみたい。

らしい。鮎川の葬式に行った北村太郎は火葬場で旧知の最所と出会ったことによって初めて鮎川の結婚の事実を知り、それを加島に伝えることになる。（樋口良澄『鮎川信夫、橋上の詩学』一二七頁）

そんなふたりの生活がどんなだったかということは、事後的とはいえ、河原晉也の『幽霊船長』が克明に描いており、スマートなはずの鮎川信夫からは想像できないような、仰天すべき生活ぶりだったようである。「初めて足を踏み入れた鮎川の隠れ家は、しかし、まったく私の想像を絶するものであった」と、河原はその書斎の記述をはじめている。

薄暗い茶の間を抜けて踏み込んだ、彼の寝室兼仕事場には、縦横に蜘蛛の巣が張りめぐらされていたのである。いかつい寝台の枕辺には、何たることか、匙で掬えるほどの埃が積もっていた。戦慄して立竦む私の目に、カビくさいベッドに横たわる鮎川の幻がちらつく。彼はここで、この棺桶みたいなベッドに眠っていたのか。／机上周辺も、まあ散らかり放題。実用品とは俄に信じがたい、鉄製の無骨な扇風機。まるで、幽霊船の船長室である。

（一六―一七頁）

この驚くべき事実の絶対性に鮎川信夫という不思議な人物をめぐる脱魔術的な思いを抱かない者があろうか。鮎川信夫とは一面でそうした非日常的な生活者でもあったのである。

第2章

# 鮎川信夫という方法

## 第一節　モダニズムから新たな意味の発見へ

「第1章　鮎川信夫とは誰か」はいま、この時代にあらためて鮎川信夫という詩人を理解するためには最小限の了解事項を明らかにしておきたい、という一念のもとに発想されたものであり、鮎川没後のさまざまな新しい情報――主として詩人の秘められた知られざる私的生活にかんするもの――をもとに、詩人の伝記的側面を洗い直すことによって、鮎川という詩人像の歪みや一面性を正そうという野心をもつものであった。いわば、鮎川信夫の神格化を解体し（鮎川自身のことばを使えば〈神話はがし〉）、その一方で、この詩人の政治的立場にたいする無用な反発を斥けるためでもあった。この方法が、一部の初期作品を除いて、鮎川の詩そのものを直接的にはあまり論じていないのも、とりあえずそうした側面をきちんと把握しておく必要があると感じたからである。もちろん、この暫定的な見取り図は今後の論述の展開を経て修正されていくところもあるだろうが、まずはひととおり論じ尽くされた感のある鮎川信夫という詩人を対象として論じていくためには、そうした手続きが必要だと思われたのである。

そして断わるまでもなく、いまごろ鮎川信夫を論ずるのは詩人論それ自体に自足するのではなく、ありうべき現代の詩を模索するためでもある。すでに書いたことだが、鮎川のなしとげた詩的営為はいまそれほど関心をもたれているとは思えない。時代状況のゆえもあってか、現代詩人たちは視野が狭く、詩の歴史的地平への関心もなくなっているように見えてしかたがない。アドルノの言ではないが、「独り合点にあぐらをかいているために生ずるような種類の難解さ」（テーオドル・W・アドルノ／三光長治訳『ミニマ・モラリア——傷ついた生活裡の省察』一九七九年、法政大学出版局、一一七ページ）ばかりが目につく昨今の現代詩を鮎川信夫というフィルターを通して洗い直してみたいというのが、ほんとうの目的なのかもしれない。

1

鮎川信夫という存在を、すでに「第1章　鮎川信夫とは誰か」で示したように、その個人的実存の不可解さと独自性において後づけ的に了解することとは別に、鮎川がその同時代のなかで果たした役割について考えてみると、そこに鮎川個人の実存を超えた、あるいはそういったものを関与させない独自の意識のありかたを認めることができる。それはかたちをとり始めたばかりの〈戦後詩〉のあるべき姿にたいする責任意識というかリーダーシップとも言うべき、みずから選択した社会意識によって要請されたものではないか、とここではまず想定しておこう。戦後の混沌のなかで、戦前から継続してつきあってきた仲間たちとの出会い直しのすえに生まれた第二次『荒地』グループとの詩的思想的連繋のなかから自他ともにおのずと認め（られ）ることになったグループリーダーとしての立場の延長にそれがあったことはたしかだろう。

とはいえ、戦後の社会的混乱の地平のなかでは詩の存在などはきわめて小さなものであったはずだ。あすも食えるかどうかの貧窮のなかでひとびとは日々の生活を送らざるをえなかったのであり、前世代の多くが戦争によって死んでしまったか、相対的に影響力を行使しえなくなっているなかで、いまではとうてい考えられないほどに若い世代が次の時代を切り開いていく責任を全面的に背負って登場しつつあったのである。なんらかのかたちで戦争に加担してきた前世代のひとたちは直接的な意味で戦争責任を負わされるか、おのずから沈黙にいたるか、さもなければ口を拭って進歩的な態度をとりつくろって時代をやり過ごそうとしていたはずである。詩というマイナーな領域においてもそうした社会の一般的風潮は反映していた。そうしたキズを負わない世代こそが、内心の葛藤から解放されて相対的に自由に時代に対処することができた。鮎川信夫もそうした若い知識人のひとりとして詩の世界に（再）登場してきたのである。

一九五五年に書かれた「戦後詩人論」という短いが重要な文章が鮎川にある。この年は戦後十年を経たところで、翌年に当時の経済企画庁が発表した経済白書（「昭和三一年度年次経済報告」）において《もはや「戦後」ではない》と公式化された年である。朝鮮戦争による特需景気などもあって日本経済は復活しつつあったことは紛れもない事実であるが、実際の生活レベルにおいてもそうであったかどうかはともかく、時代的にはそうしたひと区切りをつける中間総括的要請がこの時代にはたらいていたと思われる。そうした時代を背景として鮎川の「戦後詩人論」はその年の「詩学」の臨時増刊号に書かれたのである。

戦後の詩と、戦前の詩を区別する最も大切な違いはどこにあるかといえば、詩人も読者も、詩の内容から「意味」を期待するようになったことではないか、とぼくは考えている。それは、歌う詩から考える詩へのプロセスとして理解されるよりも、いっそう深いところで詩人の生き方につながる思想的倫理的問題を提起するものであった。(中略)戦後社会の荒廃した状況のなかにあって、痛烈な言葉への不信を経験した詩人たちが、生活の土台から切りはなされて形式化してしまった過去の詩の概念に、なんの興味も感じなかったとしても不思議はない。その機能と自律性を失った在来の詩の言葉をすてて、戦後詩人は、言葉の価値を自己の経験によって確かめてゆかなければならなくなったのである。(中略)意味の回復への衝動は、世代のちがい、流派のちがいを超えて、すべての詩人の心の奥底にうずいていたように思う。

(『全集Ⅳ』一九四—一九五頁、傍点—引用者)

こうした「意味の回復への衝動」は戦前、戦中における失われた意味、ありうべき意味をこの世界に取り返すという以上の強い要請として戦後のひとびとの意識を動かすものであった。現在からみると、〈意味〉とはさまざまな負荷のかかった鬱陶しいものであり、場合によってはイデオロギーとして固着したものであったり死語でさえあるかもしれないことばになってしまったが、この戦後十年の時点では、〈意味〉とはなにものかから受動的に与えられるようなものではなく、そのつど新たに勝ち取られるべき将来への希望の符牒だった。敗戦の荒廃を経て、それぞれが新しく個人として生きるためにはまず生きることのそれぞれの意味を見出すことが必要だったのである。単純に否定するまえに、まずその歴史的時代的必然性を確認すべきであろう。

そして鮎川は同じ文章のなかで「ぼくは、戦後の詩意識の核心を（中略）意味の回復から、どうにか個我意識を内実させる価値観ができつつあるという点に求める者である」（同前一九六頁）として、詩人の存在を、そうした時代的な意味回復の流れのなかで詩人としての〈個我意識〉の獲得といった価値づけのほうへと押し進めるのである。そしてさらに「戦後の詩人にとって最も重要な関心事」として「自己の内部との調整」が必要であり、そのまえに「内面生活の倫理性」（同前一九八頁）を問題にしたかったとし、こう書く――

内部と外部は、対立関係であるより先に相関関係である。すなわち、内部とはさまざまな外部が意識化されたものであり、外部とはさまざまな内部が物質化されたものに他ならない。
（同前一九九頁）

こうした鮎川の内部（内面）と外部（社会）といった分節はいまから見ると単純な二元論に見えてしまうが、当時としては相当に切迫した時代意識を反映したものであろう。そして詩とはこの強固な〈内面〉から外部へ向けての射出である、といった思考の傾きをもつにいたるのは必至だったといまは考えておくしかない。

鮎川信夫における内部（内面）の構築への先験性は、一方で時代から強いられたものではあるが、それ以上にひとりの詩人としての自覚において時代に先駆けてみずからの〈個我意識〉の確立を急ぐところに理由があった。それは「僕たちが戦前に於いてすでに戦後的であった」（「現代詩とは何か　II幻滅について」、『全集II』六五頁）という自負と自覚をもつ鮎川たち『荒地』派の詩人においては、戦後においてもあらためて時代にたいする自分たちのプライオリティを自他ともに確立してみせる必要があったからである。それが周囲の者たちに彼らの思想的倫理的優位性を誇示しているかのように見えたとしても不思議ではない。

たとえば、鮎川より一世代（九歳）ほど下の新川和江（一九二九年生まれ）はあるインタビューでこんな感想をもらしている。

「荒地」の詩でなければ詩ではないみたいな時代が十数年続きました。（中略）でも「荒地」のひとたちの考えかたというのも、やっぱり理解できる。敗戦という未曾有の体験を日本はしたわけですからね。そのあとで甘美な歌は歌えない。もう歌う時代ではない。ものを考える時代になった。その移行のしかたはよく理解できました。（「いま在るところをみなもととして」、現代詩文庫『続続・新川和江詩集』一四二頁、初出は『現代詩手帖』二〇〇七年十月号）

『荒地』とは無縁なところからみずからの詩の出発をとげた新川和江にしてこうした同時代感覚はやはりあったのである。さきに引用した「戦後詩人論」のなかで「歌う詩から考える詩へ」と鮎川が述べているところにこの新川の感慨はぴったり照応する。それほどに鮎川の詩論的リードには強度があったということだろう。同じ認識は『北川透 現代詩論集成2――戦後詩論 変容する多面体』（二〇一六年、思潮社）の「なぜ、戦後詩なのか――『あとがき』に代えて」のなかでも確認することができる。

> 戦後詩として語られるのは、「荒地」や「列島」以後の詩人たちの詩に対してである。わたしの経験では、戦後詩人でなければ詩人ではない、といった圧倒的な感性が支配した時期があった。それがまさしく戦後だったのだが、この戦後詩を非戦後詩と区別する、かなり強固な共同性が、どのように成立したのかはわからない。わたしが詩や批評を書き出した一九六〇年代の初めには、すでにそういう呼び方は一般化していて、わたしなど自然に受け入れていた、と思う。
> （五三六頁）

北川は新川よりさらに六歳下の一九三五年生まれである。その北川にとっても、すでに詩や批評を書きはじめた時点では戦後詩的共同体＝『荒地』的共同性が確立されていたことに異和感をもたなかったし、その経緯も不明であるというのである。わたしなどさらにずっと後発の者にしてみれば、北川透の『荒地』論などこそが、鮎川や吉本隆明などの展開したこうした戦後詩的共同体をその後も一貫して下支えしてきたのではないかと思えてきたのであるから、この指摘には相当に驚かされる。戦前から戦後にかけて詩を書きつづけてきた詩人たちの多くを排して、『荒地』的戦後精神を自覚的にもった詩人たちのみが戦後の詩の世界で、いわゆる〈戦後詩〉の詩人たちとして支配的になったことになるが、おそらく一九五〇年代にこうした鮎川を先頭とする『荒地』派の精神的支配は一気にかたちを整えたのだろう。新川が「『荒地』の詩でなければ詩ではないみたいな時代」と言い、北川が「戦後詩人でなければ詩人ではない、といった圧倒的な感性が支配した時期」と言うように、小さな差異はあるが、逆にその小さな差異こそが『荒地』＝〈戦後詩〉ということを明示しているのではないか。〈戦後詩〉が戦後の詩一般を指すのではなく、ある特異な精神の共同性の歴史的所産であることはいまから見ればあたりまえに見えるが、当時の渦中にあった戦後現代詩にあってはその共同体の掣肘力こそがあたかも詩の唯一のありかたとされていたことになる。これは現在のように価値が多元化し、ことばの内実が拡散ないし空洞化しているような時代からはなかなか想像もできないことではないだろうか。

3

鮎川信夫や『荒地』の詩人たちが戦後まもなく、詩の世界でいちはやく〈戦後詩〉というカテゴリーを創出し、当面は圧倒的な影響力を揮うことができたとしても、それはかれらの優位性が、第一次世界大戦後ヨーロッパの荒廃を目の前にしたヨーロッパの知識人たち、そしてかれらの依拠した詩誌のタイトルに示されているように、とりわけT・S・エリオットが示した世界把握にあらかじめ先導された近代意識とその崩壊感覚を学習していたからであったことはいまさら言うまでもない。鮎川や『荒地』の詩人たちの多くが英米系の文学や思想を中心に戦前からなじんでいたこと、そしてすでに第1章で論じたように、戦前からモダニズムの詩人として出発したこと、それればかりかポール・ヴァレリーの詩やフランツ・カフカの小説など、二十世紀ヨーロッパ全般に及ぶひろい関心をもっていたことによって、戦前においてすでに疑似ヨーロッパ的感性の持ち主だったことが、戦争をくぐり抜けたあとの戦後において周囲の詩人や文学者たちより一頭地を抜く知性を発揮しえたのである。しかし、かれらの戦後はそうしたヨーロッパ的知性の影響もあって、日本の戦後にたいしても、それ自体をしっかりと凝視したうえでの強固な認識というよりは、第二次世界大戦後日本に第一次世界大戦後のヨーロッパをオーヴァーラップさせたうえで時間錯誤をなかば無意識的におこなった、いわば疑似現実的な世界認識であったことも指摘しておかなければならない。逆に言えば、そうした知的操作が簡単に破綻しない程度には、この時代的地政的な位相の違いは見分けにくかったし、かれらがどこまで意識的であったかどうかはともかく、たとえばエリオット的な視線で戦後日本を見たとしても、近代化の三十年近い遅れが第一次世界大戦後ヨーロッパと第二次世界大戦後日本の落差にちょうど波長が合ってしまうということもありえたのである。第一次大戦後のヨーロッパの精神を第二次大戦後の日本の現実に接ぎ木したところで認識された戦後世界――つまり鮎川らの見た戦後日本の風景は、エリオットやヴァレリーがみた第一次世界大戦後ヨーロッパ世界のそれと詩の観念としてはパラレルだったということになる。

それはたとえば田村隆一の代表作のひとつとされる「一九四〇年代・夏」などに端的に現われている。

世界の真昼
この痛ましい明るさのなかで人間と事物に関するあらゆる自明性に
われわれは傷つけられている!

（中略）

彼女の文明は黒い　その色は近代の絵画のなかにない
彼女のやさしい肉欲は地球を極めて不安定なものとする

彼女の問いはあらゆる精神に内乱と暴風雨を呼び起す
彼女の幻影にくらべればどのような希望もはかない
彼女の批評は都会のなかに沙漠を　人間のなかに死んだ経験を　世界のなかに黒い空間を覚
　醒する　そして
われわれのなかにあの未来の傷口を！

ここにはおよそ戦後日本の風景とは思えない抽象的な概念的な世界が広がっている。わたしに言わせれば、これこそどこにもない世界、せいぜい第一次世界大戦後のヨーロッパを内在的な視点から切り抜いてきた世界であると言えるぐらいである。この知性主義的な世界把握は、当時の戦後日本のなかでいかに非現実的に見えようと、それが新しい詩的視角からの戦後表象だとして提出されてしまえば、その鮮やかな切り口こそが新しい詩の世界を告知するものとして圧倒的に現前して見えてしまう、というある意味での顚倒がおこなわれている。このことに誰も異を立てることができないというかたちで現実化されていったのではないだろうか。ことばが現実と遊離するとしても、そこに見えない現実を見るという視点が担保されていれば、ひとはいやおうなしにこれが新しい詩、すなわち〈戦後詩〉と呼ばれるものの威力なのだと感じさせられたはずである。そこに見出されたものこそが〈戦後詩〉が生み出した新しい意味であり、戦慄的な美であり、その技法としての隠喩なのだととりあえず言っておこう。それはもはや失われた意味の回復でさえなく、むしろ新たな意味の発見、意味の設定だったと言うべきなのである。

## 第二節　〈内面〉という倫理

1

前節で鮎川信夫における内部（内面）と外部（社会）という分節のありかたを見たが、こうした単純な二元論が本来的に成り立つものかどうかはともかく、鮎川においてはそうした分節が信じられていたことは疑えない。それは戦前から戦中にかけての度しがたい軍国主義的国家主義体制と、擬似的なものとはいえヨーロッパ近代的知性をブッキッシュに習得し身につけつつあった若き知性とのあいだのいかんともしがたい断層をいやがうえにも認識しなければならなかった鮎川たちの世代にとっては、みずからを守っていくうえでの絶対条件だったかもしれない。

実際、『荒地』同人の中桐雅夫からの情報で、中桐が神戸から上京した直後に、身近な詩人たちが官憲によって身柄を拘束されるという「神戸詩人事件」について鮎川はくわしく知っている。それは一部に共産党にかかわりの深い詩人が編集に関与した『神戸詩人』という機関誌を発行していた神戸詩人クラブのメンバー十四名が、一九四〇年三月三日朝、特高によって一斉検挙され二年近くにわたって拘禁された事件(*1)であり、その多くは転向書を余儀なく書かされ、その後の沈黙に追いやられた。中桐も神戸からの上京がちょっとでも遅れれば、このメンバーのひとりとして検挙されたかもしれないという、かなり危うい立場だった。その事件は、戦前、戦中においては共産主義、社会主義を問わず、非国家主義的と目された文学者や詩人はもちろん、知識人全般にたいして特高警察が圧倒的な〈外部〉として権力的な思想統制をおこなっていたという一例にすぎない。鮎川はこの事件について次のようにまとめている――《「神戸詩人事件」は、詩的次元にあった〈理念〉が、当局の弾圧にあい、いやおうなく日常性の次元につき落とされればどうなるかを証しているという意味で、当時のモダニストがおかれていた状況の苛烈さを物語るきわめて象徴的な事件であったと言わなければならないだろう。》(「詩的青春が遺したもの――わが戦後詩」、『全集Ⅶ』二七五頁)

モダニズムの意匠が、権力の目からみると、卑近な日常性の次元で解釈され、危険思想を隠しもっているものとされてしまうのである。アドルノが言うように、「新奇なものを礼拝し、モダニズムの理念を掲げるのは、なにひとつ新しいものをもたらさない現実に反逆するためである」(『ミニマ・モラリア』三七二ページ)のが当時のモダニズム詩人たちの実体だとすれば、その内容を詩人みずからが注解しようとしても、短絡的な解釈格子にあてはめて説明することにならざるをえないので、簡単に国家権力のフィルターにひっかけられてしまうのである。国家権力とは支配の目線でしかものごとを見ようとしないから、モダニストたちの政治感覚ではとうてい立ち向かうことができない。国家権力がこうした暴威をふるっていた時代、それを鮎川信夫がみずからの思想や立場にたいして〈外部〉として受けとめざるをえなかったとしても、やむをえないだろう。詩を書くこと、しかも当時はモダニスト詩人として活動を始めていた鮎川にとって、こうした事件はけっしてひとごとではなかったはずだ。現に鮎川は後述する第一次『荒地』の編集名義人であったため、警視庁から二回呼び出しを受けており、しかも当時は一〇名以上の集会は届け出る必要があったため淀橋署にたびたび出頭しているほどであった（「詩的青春が遺したもの――わが戦後詩」、『全集VII』二七〇頁）から権力とはどういうものかをよく知っていたのである。つまり、「この頃の特高にとっては、いつも文筆家の〈用語〉が問題だったわけである。難しい理窟はどうでもよく、その人間が、どういう〈用語〉を使って物を考える人間であるかということだけに眼を光らせていた」（同前二七二頁）。いつにおいても、権力に身をすり寄せている人間などは文学や詩、哲学などの内容的なことにはいっさい興味も理解力ももたず、ただただ権力にとって危険な有意性のあるものだけを取締りの対象にするような獰猛な〈外部〉にすぎない。このことをいやというほど知り抜いていたために戦後においてもこうした思考の二分法が鮎川にとっては自明の理だったのである。

（＊1）小林武雄と竹内武男らが中心になって一九三七年から一九三九年に五冊刊行された『神戸詩人』などの詩人グループが戦時下の治安維持法違反の廉で一斉逮捕された事件。その多くはシュールレアリスト系の詩人にすぎなかったが、弾圧の対象とされ、その後、沈黙を余儀なくされた。

こうした鮎川的二分法からすれば、強圧的な〈外部〉にたいして自己の固有性を対抗的に強固なものにし、〈外部〉から守り抜くことはいわばみずからの自立性の基本であるにすぎなかった。それは〈外部〉がどう変化しようともみずからのうちでは不変の価値と意味をもつものでなければならなかった。それは〈外部〉にたいしてみずからの存在を主張しうる唯一の内的な根拠であり、それはいつかみずからの公明性を認めさせることのできる普遍的なものでなければならない。この価値と意味こそすでに、生きることの思想そのもの、あるいは思想の倫理でなければならなかった、鮎川にとっての世代的必然があったと言うべきであろう。

ところで、鮎川信夫は一九三九年二月の『ＬＥ　ＢＡＬ』19号に書かれた「覚書」という文章で、当時のモダニズム詩における「方法乃至技術的追求」ばかりの方向性にたいして、詩の思想性、主題性の必要をいちはやく力説している。

何が故に、詩には方法の進歩のみが大切で、思想性や主題の追求は不必要であり、物体の不可思議性を含んだオルドルの世界のみが重要であるか、などといふことを学んで詩の限界を益々狭めてゆくよりも、何が故に、純粋なる詩には不必要であるかも知れないところの思想性について考へたり、主題の追求をしなければならないか、といふことを、背後にある時代を意識して真剣に考察してみることの方が更に重大なことである。

（『全集Ⅱ』三六五頁）

戦前の若書きでたどたどしくはあるが、そこに身をおいていたモダニズム詩からの脱却を意図して、十代末ですでに詩における思想性の必要を考えていたことがわかる。これは前述の「神戸詩人事件」に一年以上も先立つ時期に書かれたものであることにも注意しておいていい。だからこそ、「不安の貌」という同時期のこれにつづく文章で、当時の文学者の動向を見ながら戦後の戦争責任論に通ずるつぎのような批判をすでに書いているのは先見的であると言っていい。

さて現代の我が国の文学が、表面は戦争文学その他いろいろと新らしい局面への転回で活況を呈してゐても芸術的価値から見てむしろ低下してゐることは、時が経つに従って次第に誰の眼にもはっきり顕れてくるであらう。文化に対して一定の落ちつきを持って冷静なる批判力を回復するやうになった時、其処に見出す文学は如何なる相貌を呈してゐるであらうか。

（同前三七四頁）

この前後にも世間の民族主義的昂揚などをもくろむ言辞への批判もあり、コスモポリタン的世界主義への方向性を打ち出していたり、相当に抑制し韜晦しているところはあるものの、この時代の検閲的状況からみると相当に勇気ある主張だったとさえ言えるだろう。こういう初期鮎川信夫の文学への姿勢には信頼できるものがあり、戦後詩に現われた詩における思想（意味、内面、主題）の重視という姿勢への先駆性がここにすでに兆しているのであって、戦後の鮎川信夫の詩的ポジションが深い裏づけをもっていたことを示している。

2

戦時中の国家権力との熾烈な内面的闘争を経てきた鮎川信夫にとっては、なによりも〈書く〉ことはみずからの存在を自己証明していくうえでの必要不可欠な作業であった。ましてや鮎川ら『荒地』の詩人たちは戦後においても高等遊民的な生き方をしていたから、書くことがほとんどかれらにとって唯一のレゾン・デートルであったと言っても過言ではない。たとえば、一九四七年に出された『荒地』の創刊号で鮎川はこんなふうに書いている。

現代に於て詩を書くことが如何に困難であるかについては多言を要しない。しかも我々が詩を書いているということ、――そこにはどうしても言葉に対するある信頼がなければならぬ。

（「暗い構図――『囚人』に関するノート」、『全集Ⅱ』一三頁）

この同じ文章のなかで、鮎川は〈詩という特権的な認識手段〉（同前二一頁）というようなことばを書きつけているし、この文章のすぐあとに発表された「詩人の出発」という文章でもこの問題を敷衍している。

荒地の中に生きているということは、直に外的世界の影響によって、現代の病的徴候をそのままに受継ぎ、頽廃し、倦怠し、無批判的になることを意味しはしない。否、むしろ現代を荒地として意識することによって、却って批判的になり、厳格な客観的基準と宗教的詩的価値の絶対性の必要が痛感されるのである。詩作過程を指して特権的行為とし、其処に一つの意義を認めるのは、それが我々の精神にとって必要であるばかりではなく、さらに我々の経験に秩序を与え、我々の感情の訓練としても役立ち得るからである。（同前二六頁）

詩を書くことへの信頼、詩を書くことのこの「宗教的」とまでいう「絶対性」の顕彰は、すでに明らかにしてきたとおり、戦前から戦中にかけての国家権力との闘いのなかでおのずから身につけてきた思想的抵抗の最後の砦だったにちがいない。これ以上退くに退けない実存の唯一の拠点としてあったのが、詩を書くことの絶対性だった。いまの時代のように生きることとの根拠が拡散し、生きるための方法ならいくらもあるような時代からみると、いささか大仰な感じを否めない鮎川のこの〈詩という特権的な認識手段〉という認識こそ、時代を超えてあらためてその内実を問うことがいまの課題ではないかと思う。すなわち詩とは何か、そこに特権的な可能性はほんとうにあるのか、という問題を普遍的に問い直すことが鮎川を真に継承する意味なのではないか、ということである。そんなもの、あるわけないじゃないか、という白けた現在の詩人たちの姿勢こそも問われなおすべきであろう。

## 第三節　書くことの絶対性と有償性

1

この〈書くことの絶対性〉というべき鮎川信夫の詩の規定性にたいしては、どうしてもフランス象徴主義詩人ステファヌ・マラルメを対比的に想起しないわけにはいかない。鮎川はマラルメをどう読んでいたのか。わたしには鮎川がマラルメについてきちんとした理解をしていたとは思えない。たとえば「現代詩とは何か」の「I　詩人の条件」で鮎川は書いている——

僕は近代詩の過去から現れた一つの固定した概念、ポオやボードレールから、マラルメ、ヴアレリイに至る象徴主義の詩人によってつくられた詩の概念を、まず現代に生きるわれわれのために否定したいと考えている。……サンボリスムがわれわれの世代にまで及ぼした過大な影響が、われわれの現在を、未来を搾めることを懸念するからであり、またサンボリスム以降第一次大戦後のダダやシュルレアリスムによって暗示を受けている一般の詩に対する偏

よった考え方を除きたいと思うからである。　　　　　　　　　　　　　　　　（『全集Ⅱ』五四頁）

このあとにつづく文章で鮎川がポール・ヴァレリーを〈サンボリスムの事実上の完成者〉と呼んでその純粋詩の概念を批判していることからもうかがえるように、鮎川はサンボリスム（象徴主義）についてある意味では過剰に評価し、ある意味ではまるで理解していないように思える。過剰に評価しているというのは、サンボリスムのエコールとしての運動をその後のダダ、シュールレアリスムにつながる系譜の源流としてとらえている点であり、日本ではそれが戦前のモダニズムとして現われたと見ていることである。〈芸術至上主義的なサンボリスム〉（同前）という鮎川のことばにあるように、サンボリスムの一面をしか鮎川は見ていない。そこだけに限定すれば、そして芸術至上主義を言語至上主義と置き換えて考えるならば、その後の二十世紀におけるあらゆる知的局面での言語論的転回のうえでサンボリスム的な言語至上主義が大きな影響を与えたことは否定できないから、そのかぎりにおいてダダやシュールレアリスムを経て現代の構造主義的言語理論まで系譜づけることは可能である。ロマン主義からの言語論的切断という意味でなら、サンボリスムの現代的影響力の大きさという評価自体は間違いではない。

もうひとつのより大きな問題は、鮎川がヴァレリーを通じてしかマラルメを理解していないだろうということである。たしかにヴァレリーは戦前から戦後にかけて〈二十世紀最大の知性〉としてエリオットなどとともに大きな存在感を示していたのであって、鮎川がそのようにヴァレリーを見ていただろうことは時代的な必然として考えられる。しかし、ヴァレリーはそもそもマラルメ晩期の有力な弟子であるとはいえ、サンボリスムを代表する詩人ではなく、むしろその影響を受けた詩人のひとりであるにすぎないし、マラルメの代弁者でもない。〈純粋詩〉といったヴァレリーの理念はサンボリスムや、ましてマラルメが考えていた詩の概念からは相当に逸脱したものである。それに戦後直後の鮎川にとって、翻訳がほとんど出ていなかったマラルメの作品や散文を読むことは、不可能だったはずである。フランス語としても超破格なマラルメの思考を、フランス語を読めない鮎川が読むことはありえなかったし、おそらく理解することもむずかしかっただろう。だからマラルメについての言及はあっても、具体的な論評がなにひとつなされていないのは当然なのである。サンボリスムの事後のスポークスマンにすぎないヴァレリーをとおしてマラルメを見ているかぎり、マラルメの本質的な理解などありえない。

　鮎川は「ヴァレリーについて」という一九四七年に書かれた文章で〈純粋詩〉を「あまりにも芸術的な一限界概念」（『全集Ⅳ』二九六頁）と規定したうえで、こんなことを書いている。

> われわれは生そのものに固執せざるを得ず、純粋詩の観念は、われわれにとってあまりに芸術的に過ぎるのである。われわれの自己証明の場は、観念の有償性のうちにあるので、「何のために」われわれが作品を書くのか、という問いに対する答えを不断に求めてゆかなければならないところにある。／ヴァレリーの流動的思想が詩の無償性にかかわるところで、わ

れわれは逆に有償性を求めねばならぬのであり、詩作という特権的状態を利用して、生の方向を、生の中心を、言葉の全的な意味のうちに把握しようとしなければならないのである。／従ってわれわれは詩に於いて言葉の意味を放棄することは出来ないし、伝達の戦略についても無関心であることは出来ない。

（同前二九七頁、傍点―引用者）

ここではいくつもの間違った理解を前提にしているにせよ、当時の鮎川の意図する詩については明確な方向性が与えられている。〈純粋詩〉の無償性に対置された〈観念（詩）の有償性〉という概念に〈書くことの絶対性〉を結びつけることで、かろうじてこの先験性を救出しているとも言えるだろう。しかし、この〈観念（詩）の有償性〉とはそもそも何だろうか。これ自体もじつはかなりあやしい観念にすぎないのではないか。「言葉の全的な意味」がどうして有償性と結びつくのかいっこうに判然としない。意味を重視している姿勢はわかるが、鮎川信夫の詩論にはこうした曖昧さがしばしばつきまとう。さきに引用した「現代詩とは何か」のすこしあとのところで鮎川は書いている。

素朴に言ってわれわれの日常生活は、詩よりも詩でないもののうちに多く生きているように見える。しかし、われわれがわれわれ自身を見出すのは、あくまで言葉の上に於てである。「詩という概念が成立するのは、詩と詩でないものとの境界に於てである。詩と詩でないものとの間に生きている人間にとって、彼を詩に駆り立てるものはむしろ詩でないものである」という意見は、われわれが詩を書く立場をよく示している。われわれを詩に駆り立てるものは、詩そのものの空虚な美的価値の世界にあるのではなく、詩でないもの、つまりわれわれが生きている現実の生活の中にあるのだ。

(『全集Ⅱ』五五頁)

文中の引用は黒田三郎の「詩の難解さについて」からのものであり、この時期の鮎川は黒田のこうした日常生活べったりの通俗的視点に妥協した詩的理解を共有しており、のちの「Xへの献辞」につながる『荒地』グループとしての共同性のうえで詩の書法を模索していた。いわば黒田三郎に引きずられるかたちで非詩的な生活次元を詩的言語構築の絶対性(特権性)と結びつけることは、あまりにも飛躍がありすぎるのだが、鮎川は、詩と詩でないものとの断絶のなかでも「しかし、われわれがわれわれ自身を見出すのは、あくまで言葉の上に於てである」として、この断絶を詩を書くことの次元においてなんとか逆転的に回収するのである。そこには黒田にはない〈書くことの絶対性〉という、より上位の観念が存在しているからであろうか。黒田なら、安上がりなヒロイズムに突っ走ってしまう。――「むしろ、糊口のために悪戦苦闘せよ。かくしてのみ、詩人の胸から新しい詩が育つであろう。糊口の煩わしさを悲鳴をあげ現実の暴状に背をむけて、溺れる者が藁をつかむように、伝統の影に逃げ込もうとすることの怯懦さを、敢えて指摘しなければならぬ。詩人がそこに卑屈にも逃げ込む安価なる花園として、詩を考えることは、

我々の誇りを傷けるものである。」（黒田三郎「詩人の運命」、『現代詩論大系1』四七頁）

鮎川には、いかなる時代、いかなる局面においても、みずからの詩人としての矜持を保持しようとする性向が強かったから、黒田のようにずぶずぶの日常性への頽落には耐えがたいものがあっただろう。誤解していたとはいえ、ヴァレリーのような当時のヨーロッパの代表的知性の思想を知ることで、詩を書くことが日常次元を超えた、ことばという独自の次元をもつものであって、その上でしか現実や非現実は対象化しえないということをよくわかっていたのである。書くことが内面化された経験を対象化することであって、そこに書くことの最低限の倫理があることを知っていたかぎりにおいて、鮎川の詩は現実をなぞろうとするものではなく、未知の世界をことばによって探り出していく試みであったわけであるから、鮎川の詩がその詩論を裏切ることがあったとしても、なんら驚くにはあたらない。大岡信は「戦後詩人論――鮎川信夫ノート」のなかで「鮎川氏の詩はその詩論とは全く別個に論じうるし、またそうあるべきだ（中略）何故なら鮎川氏の詩論が今みてきたように、少くともぼくには矛盾を多く含んでいると考えられる以上、この詩論を詩に関連させて考察することはかえって逆効果になると思われるからだ。」（『全集Ⅵ』月報）と指摘しており、この観点は重要であるが、鮎川の詩が複雑な内面をかかえていたことを考えれば、詩論そのものが矛盾をかかえていたことは否定できない。

## 2

ところで、〈書くことの絶対性〉とは言っても、鮎川の認識はしかしながらみずからの生の根源から発していたようには見えないところがある。あくまで詩という観念が先験的に存在し、それをいわば推進力として詩の世界へ打って出たといったところが真相に近いのではないか。鮎川の詩的出発がモダニズムであったことを想起すればよい。それでも鮎川において詩を書く主体はいつでも担保されている。その意味では、同じ絶対性をめざし、詩を書くことにみずからの実存をかけていたマラルメとは根本的に異なる場所に生きた詩人というしかない。

純粋な著作のなかでは語り手としての詩人は消え失せて、語に主導権を渡さなければならない。……語と語はたがいの反映によって輝き出す。それが従来の抒情的息吹のなかに感じられた個人の息づかいや、文章をひきずる作者の熱意などにとってかわるのである。

（ステファヌ・マラルメ「詩の危機」、南條彰宏訳、世界文學大系43『マラルメ／ヴェルレエヌ／ランボオ』一九六二年、筑摩書房、五二ページ）

詩句とは幾つかの単語から作った呪文のような、国語のなかにそれまで存在しなかった新しい一つの語である。すでに存在する語は、それに焼きを入れ直して、意味を響きに近づけたり響きを意味に近づけたりするような人工的操作を加えても、やはり偶然性を含んでいるものだが、詩句はその偶然性を力強いひと息で否定する。

（同前五三ページ）

マラルメにおいては〈書くことの絶対性〉という以上に、詩人をつうじてことば（語）が主導権を握るべく、ことばの自律性が絶対的に作動するのであり、詩人はそのためにことばの力が発現する場所を提供するのである。いまふうに言えば、詩人はメディウムとなって初めて詩人となる。ロマン派の希求するような〈インスピレーション〉とは異なって、言語の生理に深く分け入ることによって初めて獲得される境地なのである。それはけっして容易なことではなく、骨身を削る長期にわたる忍耐と苦悩を必要とすることになる。親しい友人に宛てた初期マラルメの書簡はその努力の痕跡をよく伝えている。

君に誓って言うが、ぼくには何時間もの探究に値しなかった語はひとつもないし、最初のアイデアをまとう最初の語が、さらには詩の一般的効果におのずから向かおうとする語は最後の語を準備することにもなる。／不協和音も装飾音もなく、崇拝すべきもので、心を解放する産み出された効果——それがぼくの求めているものです。

（一八六四年一月、アンリ・カザリス宛て、Stéphane Mallarmé: Correspondance 1862-1871, 1959, p. 103、傍点は原文イタリック）

一枚の白紙の恐怖、それはあまりに長いこと夢みられた詩句を要求しているようだ。

ぼくは怖ろしい一年を過ごしたばかりだ。わが「思考」は思考され、純粋なひとつの「概念」に到達した。その結果、この長い苦悶のあいだにわが存在が苦しんだすべてのものは語りえないが。しかし幸いなことにぼくは完全に死に、わが「精神」が冒険することのできたもっとも不純な領域は「永遠」ということになる。わが「精神」、わが固有の「純粋さ」の習慣となったこの孤独、それを「時」の反映さえもはや暗くすることはできない。

君に教えておくが、ぼくはいまや非人称のものになり、もはや君のよく知るステファヌではない、——しかし霊的な「宇宙」は、ぼくであったものをとおして自分を見、自分を発展させる、ひとつの能力〔aptitude〕なのだ。

ぼくは、確信をもって語ることができるために「無」へのかなり長い下降をおこなった。そこには「美」しかなく、それは完璧な表現、「詩」しかもたない。

（一八六七年五月十四日、カザリス宛て、*ibid.*, pp. 240-242. 以上すべて拙訳）

ことばと〈美〉の絶対の探求者であるマラルメと鮎川信夫を同列に置くわけにはいかない。マラルメには言語の哲学があるが、鮎川にはそこまでの透徹した思考の痕跡は見られないからだ。たとえばジョルジョ・アガンベンは『哲学とはなにか』のなかで、マラルメの「詩の危機」のなかの有名な一節——「わたしが花と言う。するとわたしの声がそのいかなる輪郭も追放してしまう忘却の外に、よく知られた萼以外のなにものかとして音楽的に立ちのぼるのは観念そのもの、あらゆる花束の不在である甘美な観念なのだ。」（"Crise de vers", Œuvres complètes, Bibliothèque de la Pléiade, 1945, p. 368、拙訳）——をとりあげ、「近代の詩人たちのうちで最もプラトン的な詩人」マラルメの「根拠ある詩的直観」（上村忠男訳、二〇一七年、みすず書房、一一二ページ）を称賛している。

とはいえマラルメと鮎川信夫は、詩を書くことを絶対化した詩人であるというかぎりにおいて、思いの深さと方向性はちがっても、詩を書くことをぎりぎりまで哲学的に深めるという挑戦を共有しうる可能性の地平はどこかで開かれたかもしれないのだが、残念ながら戦後直後の日本の知的状況において鮎川がその方向へみずからの思考を深めてゆく可能性はやはり皆無だったと言わざるをえない。

3

鮎川信夫がポール・ヴァレリーとともに、あるいはそれ以上に高く評価していたのが周知のようにT・S・エリオットをはじめとする英米文学系の詩人たちである。それは鮎川が早稲田大学英米文学科の出身だということもあり、原語で親近しうる唯一の詩人たちだったせいもあろうし、『新領土』や『文芸汎論』などに結集したモダニズムの詩人たちがせっせと紹介していて予備知識もあったせいもあろうが、なによりも当時の軍国主義の風潮が蔓延した荒廃した世相を第一次世界大戦後のイギリスの詩人たちの時代批判と重ねあわせてみると時代診断がしやすかったように思えたからだろう。

鮎川が戦争直前にかかわった同人誌に中桐雅夫らとの『ＬＵＮＡ』があるが、もうひとつ同時進行的に始めたのが第一次『荒地』である。これは「早稲田第一高等学院の文学仲間であった竹内幹郎、山川俶夫、藤川清らが首謀者であり、同級の十数人の参加が予定されていた」(「詩的青春が遺したもの――わが戦後詩」、『全集Ⅶ』二〇八頁)というものであって、鮎川はすでにその年(一九三八年)の三月から『新領土』にも入っていたから、「作品を発表する場に事欠かなかったので、新しく同人誌を始めることは、よけいな責任を押しつけられるだけのような気がして、はじめのうちはそれほど乗気になれなかった」(同前二〇九頁)と正直に書いている。結局、自然のなりゆきで参加することになっていくのだが、やはり発行人を引き受けさせられてしまう。しかしこの同人誌につけられようとした最初の誌名は「廿世紀」というモダニズムふうのものだった。メンバー構成上「どの顔をみてもモダニズムとは縁遠く」感じていた鮎川は、たまたま遊びにきた竹内幹郎と相談した結果、最初の会合で名前が出たが無視された『荒地』はどうだろうということになって、「要は雑誌が出さえすればいいので、誌名などにそれほど拘わる者はいなかった」(同前二一〇頁)

ので勝手に変更した、というものである。しかもその誌名の提案者は鮎川ではなく、国文科の同人が提案したものであり、「言われてみると、『荒地』だったら象徴的な誌名であるし、どうにでも解釈できるうえ、不毛に終るかもしれない私たちの文学的前途を暗示していて恰好のものであるように思えてきた」（同前）といった程度の認識であった。そして不毛に終わったとまでは言わないが、この第一次『荒地』は戦争の影響もあり二年間で七冊出して終わった。

こうしたいきさつからわかることは、戦前の鮎川が『荒地』という誌名を思いつくほどにはこの名前にこだわったわけではないということであり、もちろん誌名にちなんで巻頭の扉にでもエリオットの『荒地』から毎号、何行かずつでも掲載していけば、「自ら同人誌としての特色が出てくるだろう」（同前）ぐらいにしか考えていなかったことである。もっとも別のところでは、この誌名が決まったとき、「私はただちにエリオットのThe Waste Landを連想し、直観的にそれを私たちの精神的風土と結びつけようとした」（「T・S・エリオット」、『全集Ⅳ』三三〇頁）とも書いているから、鮎川におけるエリオットの位置はすでにある程度は確立していたとみるべきだろう。戦後、むかしの仲間とあらためて同人誌を起こすときにこの誌名が再登場するにあたっては、その間の各自の戦争体験からくる認識の深化が、この誌名に大きな意味あいをもたせようとしたことは間違いない。そこには鮎川を中心としてエリオットとその詩集『荒地』への関心が戦後いっそう強まったことを示していよう。

鮎川信夫は「現代詩との出合い」という文章（一九六八年刊行の『わが愛する詩』に発表、執筆時は不明、

『全集II』に収録）のなかでこんなことを書いている。

エリオットは、およそ詩人が与えうる最大の影響ともいうべきものを、私に与えた詩人である。特にその詩が好きで熱中したとか、彼の思想に深く共鳴したとか、というのではない。……ただ、近代文明全体にたいする強烈なヴィジョンを、そのネガティヴなイメジを通して受けとったのであった。／それは、知的な認識とは言えない。しかし、感性的なものであるだけに、深く心の土壌にしみ込んでしまったように思われる。詩が一種の（感性的な）認識の具として、近代文明全体に対抗してゆけるという、漠然たる信念を抱くに至ったのは、エリオットの詩を読んだことからである。

（同前三四五頁）

ここには鮎川におけるT・S・エリオットの与えた影響の大きさとその意味が率直に述べられている。戦後直後の荒廃した日本のなかでエリオットの『荒地』の描き出す荒廃のイメージがピッタリと符合したというのはこれまでも言われてきた通りであるが、鮎川にとってはそれがさまざまな近代的で「感性的」なイメージをともなったものでもあったことが重要なのだった。「われわれのやらなければならないことは、近代をのりこえてゆくこと——絶対的に近代的であること——であって、近代からあとずさりすることではない。自分にとって、近代的であるということは、世界と接触を失わないということでなければならないと思った。私にとって、詩はそのための唯一の窓だったのである」（同前三五一頁）と鮎川は同じ文章の末尾で書いている。鮎川信夫における詩の絶対性（特権的意識）はときにいささか過剰に思われるが、〈絶対的に近代的であること〉、近代を乗り越えていくためにはみずからは詩を〈唯一の窓〉として、近代性をけっして手放さないという姿勢が鮎川にとっては必須であったことがここでは告げられている。

ところで鮎川がここまで強調する〈近代〉とはどこに根拠をもつのだろうか。アルチュール・ランボーの『地獄の季節』の一篇「別れ」のなかにあるキーワードで〈絶対的に近代（現代）的でなければならない〉という一行があるが、鮎川のことばははたしてこのランボーの詩句をふまえているのか、不明である。おそらく鮎川はマラルメと同様、ランボーもあまり読んでいなかったと思われるから、周辺の誰かから教えられた可能性は十分あるが、そうでなければ奇妙な符合ではある。フランス語の“moderne”は「近代」とも「現代」とも解釈（翻訳）可能なので、ランボーは当時としての「現代的」のつもりでそう書いたはずである。鮎川はそういうことは知らずにランボーをまねて〈近代的〉と書いたのかもしれない。

それでは鮎川にとって戦後のなかで〈近代〉とはどういう意味をもっていたのだろう。鮎川が中心になって担っていった〈戦後詩〉における近代性とは何だったのか。それを問うのがつぎの課題である。

# 第3章　鮎川信夫と近代

鮎川信夫という人間の生涯をあらためて考え直してみるとき、その大いなる個性的したたかさとその背後に隠された人間的な弱点を同時に見ていかなければならない地点にわれわれはいまや立つことができる。そしてそこにこうした複雑な知性と感性の合一体たる鮎川がくぐり抜けてきた時代というパラメーターを設定してみると、この複雑な面貌がすこしずつ解読できるようになってくるのではないか、というのがここでのとりあえずの見立てである。鮎川がほぼまるごと生きてきた昭和という長い時代は、大東亜戦争という愚かしい超反動期をあいだにはさんで、西欧の物真似としての明治期から大正モダニズムの仮象を突き抜けた先に現われた擬制としての日本近代が世界的動向の流れにいやおうなく共振した結果として、ひとつの野蛮から、戦後復興と高度経済成長を経て現代というもうひとつの野蛮へ、アドルノのいう啓蒙の弁証法[*1]を地で行く時代であった。

戦後詩あるいは現代詩のなかの鮎川信夫というテーマで詩の問題を論じていこうとするとき忘れてはならないのが、鮎川はこうした野蛮な時代に生き、あまつさえ心ならずも戦争に身を挺して生き抜いてきた人間であるということである。わたしもふくめて戦後生まれ以降の人間には、この〈体験〉の重さをまだまだ十分に斟酌できないところがあり、そのことを過大に評定できないにせよ、鮎川信夫という詩人がそうした〈体験〉の重さをひきずって戦後の時空に対処しつづけてきたことをたえず念頭におく必要がある。言うまでもなく、体験的な思想を過剰に意味づけるのではなく、ともすれば思想というもの自体を軽視し斥けようとさえするこの時代にこそ、思想をもつということが強靱な生を営むために不可欠の基礎づけであるという意味において、あらためて論じられるべき問題だからである。現代の詩人たちがこうした厄介な問題から逃走することにみずからの処世を見出そうとしているかぎり、詩の危機は深まるばかりだろう。

鮎川信夫そして戦後詩を見直し、そこから今日の時代の混迷を冷徹に切開するためには、まずは鮎川が立ち向かった時代の近代性の質を問うことから始めなければならない。

## 第一節　根無し草としての日本的モダニズム

1

われわれが〈近代〉というとき、おおむねヨーロッパ的規範としての近代、すなわち〈古典〉に対比されるものとしての近代、あるいは歴史的区分としては古代から中世とルネサンスを経て

（＊1）アドルノは、第二次世界大戦中に書き上げられたマックス・ホルクハイマーとの共著『啓蒙の弁証法――哲学的断想』（徳永恂訳、岩波書店、一九九〇年）の序文で、「何故に人類は、真に人間的な状態に踏み入っていく代りに、一種の新しい野蛮状態へ落ち込んでいくのか、という認識」（ixページ）について触れ、文明化の過程そのものが陥る矛盾を〈啓蒙の弁証法〉という概念でとらえている。

封建制から市民社会の形成へ徐々に移行するさいに獲得されてきた共同体と個人のエートスをイメージしている。経済社会的な意味あいではマニュファクチュアから各種の発見・発明を通して実現された産業革命のなかから生まれてきた初期産業資本主義の勃興とともに生活様式の大きな変化が現われ、こちらの面でも個人的な生き方が選択可能な現実として視野に入る時代の到来を意味した。総じて言えば、個人の意識の芽ばえとともに一方では絶対王政からの脱却としての国民国家の形成がフランスなどで着実に進行し、そこでの言語創出を通じての国民精神の涵養が内側からこの新しい共同体を打ち固めていったのである。これをたとえばベネディクト・アンダーソンはこんなふうに書いている。

積極的な意味で、この新しい共同体の想像を可能にしたのは、生産システムと生産関係（資本主義）、コミュニケーション技術（印刷・出版）、そして人間の言語的多様性という宿命性のあいだの、なかば偶然の、しかし、爆発的な相互作用であった。

（『想像の共同体――ナショナリズムの起源と流行』白石隆・白石さや訳、一九八七年、リブロポート、七九ページ）

ヘーゲルは、当時の後進国ドイツの絶対主義のなかにあって王政のもとでの近代的な市民社会の実現を〈法〉の支配のもとに構想するという矛盾をあえて理念的につきつめていったが、かれの『法の哲学』が先駆的に考察した問題は来たるべき〈近代〉の政治的法的骨格を十分に基礎づけようとするものであった。これも確認のために引いておこう。

市民社会においては、各人が自分にとって目的であり、その他いっさいのものは彼にとって無である。しかし各人は、他の人々と関連することなくしては、おのれの諸目的の全範囲を達成することはできない。だからこれらの他人は、特殊者の目的のための手段である。ところが特殊的目的は、他の人々との関連を通じておのれに普遍性の形式を与えるのであり、自分の福祉と同時に他人の福祉をいっしょに満足させることによっておのれを満足させるのである。

（『法の哲学』〔世界の名著35　ヘーゲル〕藤野渉・赤澤正敏訳、一九六七年、中央公論社、四一四ページ）

個人の自由は、その実現のためには他者の自由との相互交通を通じてはじめて市民社会のなかで獲得される。それを媒介するのが〈法〉の理念であるが、いまだ先駆的理念にすぎなかったとはいえ、ヘーゲルはみずからの理念的思考をどこまでも追求することによって、こうした近代市民社会の基本形を構想しえたのである。この書物がヘーゲル五十一歳の一八二一年に公刊されたという歴然たる事実は、あらためて考えても彼我の近代性の落差が驚くべきほどのものであったと言わざるをえない。日本はまだ江戸時代のどっぷり前近代の太平楽をむさぼっていた時代であり、ヘーゲル的他者意識に現われているような近代にはほどとおい段階であったからである。

明治期日本がチョンマゲと脇差しの封建感覚からいきなり脱却しようとし、服装から国家制度にいたるまで西欧の臆面もなき模倣に走ったのも、このとてつもない落差をすこしでも早く埋めようとする焦燥感からであったろう。しかしその表層部分とは裏腹に、日本の民衆意識のなかからはこうした近代への目覚めは内発的には生じえないものであった。明治の薩長政府がみずからの権威づけのために古い天皇制をかつぎだし、その権威の傘のもとで民衆の意識の覚醒を妨げようとするかぎりにおいて、こうした擬似的な近代性は前近代意識のうちにいとも簡単に回収されてしまうものにすぎなかった。大正モダニズムのような文化の表層での動きとはべつに十五年戦争期日本においては、いかなる意味においても近代意識などというものとは無縁の前近代性が支配していたのである。しかも戦争期の熱狂が敗戦という冷や水を浴びて一気に沈静化し、温存された旧権力層によって従順なまでの対米追随の方向に舵を切られても、生活に追われてなかなか意識変革までにはいたらなかったというのが庶民の感覚であった。

鮎川信夫や『荒地』派の詩人たちが戦前から戦中期においてその青年期を過ごしてきたのはまさにそういったテコでも動かない庶民大衆の前近代的な生活意識のなかでであったはずだ。もちろんこれまでにも個々の突出した精神がこうしたムラ社会的な古い日本の共同体から突然変異のように現われてきたのも事実である。石川啄木、宮澤賢治、萩原朔太郎といった才能が詩の世界だけでも存在していたことは否定できない。そもそも詩という表現形式が、新体詩以来の西欧の詩の模倣的導入にもとづくものであったとはいえ、しかしその形式が言語表現ということばの尖端との格闘を必然とするものであるかぎり、表現する個人の自意識の発展、研磨と結びつかざるをえない必然をもつ。ことばに目覚めるということは、期せずして時代をとらえ、時代を超えていこうとする性向をみずからに覚醒させる。そのかぎりにおいて、すくなくとも詩人という存在は、時代や環境とのあいだに超えがたいギャップがあったとしても、その時代を超えていく知の運動を発動させざるをえない種族なのだ。鮎川信夫たちが当時のそうした数少ない知の活動家であったことはまずは確認しておくべきことである。

2

第1章第一節で書いたように、鮎川信夫はモダニズム詩人としてその詩的生涯をはじめている。文芸誌『若草』や西条八十主宰の『蠟人形』などに投稿する一方で、投稿を通じて知り合った中桐雅夫などの詩人たちとの同人誌『ＬＵＮＡ』に一九三七年九月に十七歳で参加している。それからまもなく一九三八年二月には上田保、近藤東、春山行夫、村野四郎らの『新領土』に参加する。[＊2] これには『ＬＵＮＡ』の同人もすくなからず驚いたようで、その中心人物たる中桐からはさっそく手紙が届き、「君の新領土加盟は、その詩風から考へて不審に堪えない」と書いてきたのにたいし、鮎川は三月七日付けの日記でこんなふうに書く。「自分が、過去の自己の詩を破って

（＊2）このあたりの経緯は牟礼慶子『鮎川信夫、路上のたましい』（一九九二年、思潮社）の「鮎川信夫年譜」にくわしい。

新らしい対象と新らしい手段を持て書くべく、再出発をなすことについて何か書かねばならない」(『全集II』五五七―五五八頁)と。そして四月六日の日記に《ヱッセイを書いてしまった。覚書風のものであって批評ではない。「新領土加盟についての覚書」といふ題をつけたが内容と一致を欠いた点があるのは残念だが、ヱッセイ慣れがしてないので仕方がない》(同前五六四頁)とあるように、鮎川はこの四月刊行の『LUNA』第十三輯にこの「批評ではない」覚書「『新領土』加盟についての覚書」を掲載することになる。そこでは当時の詩的状況への簡単なスケッチをしているが、おそらく『新領土』同人と同時に『LUNA』同人へのメッセージでもあろうつぎのようなことばを書きつけている。

現代に於て詩を書くことが困難なことであるにも拘らず我々が熱情を傾倒し得るのは、詩の領域に多くの新領土があることを感じてゐるからである。／新領土を開拓してゆくには、意欲を以てしなければならない。詩的エスプリとは詩の新領土を探究してゆかうとする意欲に通ずるものでなければならない。(『全集IV』の付録・別冊拾遺集一二頁)

いまだ十七歳の少年詩人の文章の粗さを言いつのってもしかたないが、ここには詩人として何かをなそうとする気負いばかりが目につく。同世代の仲間たちとの同人誌とは別に、詩壇的に名をなしつつある先輩モダニスト詩人たちの同人誌にも加わっていく鮎川を中桐が鋭く見とがめたのはさすがで、鮎川の新たな意欲とは別にその上昇志向を警戒したのであろうか。

それはともかく、この時期の鮎川はモダニズムへの意欲もこの引用文に現われているとおりで、とりわけ西脇順三郎の詩と詩論にはこの年の半ば以降に出会うことになり、[illegible]いに影響を受ける。たとえば前述の「日記」の七月二十八日のところで鮎川は[illegible]脇順三郎の『超現実主義詩論』を我々は引用すべきだろう。目に[illegible]くれた詩論である」と書いている（『全集[illegible]十四頁）。それ以前の先輩モダニスト詩人たちへの接近をめざした当初より、こんどは西脇の詩の模倣にはじまるギリシア・モードの詩がしばらくは鮎川の問題意識となる。その一方では、村野四郎に代表されるノイエ・ザッハリヒカイト（新即物主義）の方法にも関心をもち、友人から借りた武田忠哉というひとの『ノイエ・ザッハリヒカイト文学論』なるものへの「猛勉強」（同前五六九頁。「五月十五日」の項。武田忠哉については不詳）もほぼ同時に始めている。そしてその九日後の五月二十四日には「新即物主義の長い詩を書くのは来年からである」（同前）とみずからに言いふくめるように書いている。ここらが鮎川信夫という詩人のおもしろいところで、勉強家であると同時に影響をストレートに受けやすいところがあり、それでいて計画的である。なにしろ西脇流シュールレアリスムとノイエ・ザッハリヒカイトというまったく異なる手法を短期間で学習し、その結果を連続的に試みようとするのだから。軽薄と言ってしまえばそれまでだが、若い詩人というのはそもそもそういうものかもしれないし、そうでなければいけないのかもしれないが、それにしても二十歳前後の詩人としてはちょっと急ぎすぎではないか。

西脇のシュールレアリスムあるいはむしろシュールナチュラリスムは、ヨーロッパでの見聞をしたたかに経験した西脇だからこそ可能な領分であって、日本から一歩も出ずに文献だけを頼りに学習するばかりの鮎川にとってのギリシアとはしょせん西脇の亜流、借りものにすぎなかった。そのあたりのことをよく調べている成田昭男は冷静にこの時期の鮎川を批判している。

> 鮎川は、確かにこのまばゆいばかりの西脇的コトバの世界にうたれたのだが、それは〈ことば〉と〈自己〉にたいする青春の一種の錯覚なのであり、鮎川から現実とのつながり意識を消し去ることはできなかった。（中略）それは鮎川の青春の詩的敗北であったろう。
> （成田昭男『鮎川信夫——薄氷をわたるエロス』幻原社、二〇一七年、二四頁）

西脇順三郎はヨーロッパ帰りの大知識人ではあるが、そのぶん戦前の日本の知的風土のなかにはレゾン・デートルをもつことのできない根無し草でもあったから、主知主義的モダニストにはなれても、怪しげな知識をもとにモダンぶって見せているにすぎない日本的モダニズムとは本質的に相容れない存在であった。とはいえ、西脇は乾いた知性と同時に、のちに『旅人かへらず』を書くようになるロマンティックな抒情性とかセンチメントを内蔵させている詩人でもあった。大岡信はこのあたりを早くから見抜いていた西脇氏はシュルレアリスムの中にひそむ過度のロマン主義的熱狂、神秘主義に対する嫌悪を隠そうとしない。知的ボヘィーミアンを自称し、極端なるもののすべてに懐疑の眼をむけつつ、サタイアとアイロニーに支えられた知的ハーモニーを求めて歩みつづけるとみずからいう西脇氏にとっては、シュルレアリスムは古典主義とロマン主義の闘争、隆替の長い歴史過程の、最も新しい段階における興味ある新種のロマン主義的創作理論にすぎなかった。ここには、広大なヨーロッパ文学の遠近法において眺められたシュルレアリスムがあり、（以下略）

（「超現実主義詩論の展開」、『超現実と抒情』晶文社、一九六五年、三七頁）

とはいえ、そうした西脇の存在と詩的モードは、まだそこまでの限界線を見せるよりも、周囲のモダニストたちのつくりだす生半可なモダニズム的遊戯に満足することができなかったはずの鮎川にとっては格好の目標に見えたにちがいない。だからこそ、いまの時点からみれば明らかなことだが、鮎川が西脇を模倣して「ギリシャ詩篇」の構想をいだいたとしても、もともと鮎川の資質に無縁なそれがいくつかのさして重要でない残骸を遺しただけで終わったとしてもなんら不思議ではない。すでに第1章第一節でも引用した「ギリシャの日傘」が典型的にそうであったように、詩としての完成度はそこそこあっても基本的にほとんど論ずるに足らない作品ばかりであり、そうしたなかでつねに現実原則というバランス感覚をもつ鮎川にとっては、この世界から離脱するしかないという判断をするのは時間の問題だったと言ってよかった。あれほどまで意気込んで書いた「『新領土』加盟についての覚書」の発表後一年半で、鮎川はこのモダニズムに見切りをつけるという文章を『ＬＵＮＡ』を改題した『ＬＥ　ＢＡＬ』二十一号（一九三九年十二月）に発表するのである。

近代詩の正当な発展と進化を妨害したものは、無自覚なモダニスト達の浮薄な形式主義の亜流と無意味に近い修辞法への偏執であった。（「近代詩人」、『全集Ⅱ』三八八頁）

そう書いておきながらも、鮎川は一九四一年五月の『新領土』終刊まで同人をやめることはなかった。それどころか『ＬＥ　ＢＡＬ』同人の中桐雅夫や三好豊一郎も、鮎川の誘いでもあったか、最後のころの『新領土』に同人参加している。また、その間の一九三九年には鮎川を軸に第一次『荒地』も創刊されている。いったいどうなっているのか。第二次世界大戦直前の世相のなかでの詩人たちの離合集散は、かれらの若さや気負いや打算もあってだろうが、いまからは想像しがたいものがある。

こうしたなかで鮎川はモダニズムからのさらなる脱却を理論的に徐々に構築していく。「近代詩人」を発表した翌一九四〇年にはこんどは『ＬＥ　ＢＡＬ』で二回に分けて「近代詩について」という長い論考を発表する。そのなかで、東潤というモダニストの論にたいして鮎川は批判する。

〔東の記述は〕技術的に詩を取扱ふことに対して詩の進歩の重大な意義を認めんとする。それは確かに詩の新らしい認識の側面に於ける革命であらう。確かに詩の人為的な技術的進歩によって、世界に対する新らしい認識と、事実を照らしだす新らしい光線によって、われわれの思考の廻転に変化を与へ感覚の秩序に関する嶄新な観方を提示することは、疑ひない事実である。だがここで問題となるのは、人間の持ってゐる力として人為作用の一つである技術のみを認めて、その他のもの、人間性一般を何故詩の領域から放逐しようとするのであらうか。（同前四一八頁）

ここで鮎川は、みずからのモダニストとしての出発の意味を反芻するかのように、いったんは東のモダニズム評価を肯定するのだが、それをより強い力で否定するようにして、技術論ではなく人間的営為としての詩を主張する。こうして二十歳ほどの若者がモダニズムの技術主義にたいして汎人間主義とも言うべき視点を持ち出すのである。以後、鮎川はモダニズム的な立場を捨て、詩「囲繞地」をはじめとする人間存在の意味を問う詩風に変わっていく。それは第二次世界大戦の従軍体験によって否定性もふくめて強固なものになることはあっても、終生変わることはなかった。言い換えれば、戦争を体験する以前から萌していた鮎川信夫的人間存在論はモダニズム否定をバネにしてその時点ですでに戦後的な視野を手に入れていたのである。戦争体験はそうした早熟な認識を苛酷に裏打ちするものであった。

3

ここでいったん立ち止まって、〈モダニズム〉とはそもそもどういうものなのか、それはモダン（近代）とどういう関係にあるのかを問わねばならない。すくなくとも〈モダニズム〉がモダンと呼ばれる歴史的段階あるいは歴史的意匠をなんらかの出自としていることは間違いないが、それが一般に建築などもふくむ二十世紀前半とくに戦間期の芸術運動全般を指したことばである以上、モダンの尖端をいこうとするある種の前衛たちのさまざまな試みであったとひとまずは定義しておくことはできる。ヨーロッパにおいてはダダイスム、シュルレアリスムや表現主義、キュビスム、ロシア・アヴァンギャルドなどさまざまな流派があり、それぞれの主張がひしめきあっていた。戦前日本のモダニズムはそれらのある部分ををランダムに未消化のまま（翻訳をつうじて）取り込んだもので、ヨーロッパにおけるそれら以上に時代から遊離していたものであった。たとえば歴史学の世界では、実証主義史学の方法とは相反する修辞的文学的方法を積極的に取り入れているヘイドン・ホワイトのような歴史家でさえ、モダニズム的歴史にたいしては否定的にしか見ていないことがわかる。

モダニズム的出来事に立ち向かうモダニズム的な方法の真髄とは、ものごとには「本質」もなければ「実体」もないという認識にほかならない。モダニズム的な出来事の認知に失敗したとするなら、それは現象を認識や知覚や表象が可能な対象として「取り扱う」ことができるようにするための記述のテクニックや工夫のためではない。そうではなくて、モダニズム的な出来事自体が自然ではないということによるのである。

（『実用的な過去』上村忠男監訳、二〇一七年、岩波書店、一三一ページ）

なんともあっさりとモダニズム自体が否定されてしまっている。もっともここで「モダニズム的出来事の認知」と呼ばれているものは、ナチズムのホロコーストをどう解釈するか、という脈絡のうえで論じられており、ホロコーストこそ「モダニズム的」な荒唐無稽の出来事として解釈不可能とする立場の歴史家もいることを批判しているのだが、それはともかく、歴史学者から見れば、モダニズムとは空中の楼閣のようなもので、そもそも不自然で「本質」もなければ「実体」もないものにすぎないし、そこに歴史的脈絡につながるようなものごとを見出すことがむずかしい、というわけである。それでもヨーロッパではモダニズムは文学から美術、建築にいたる芸術の各ジャンルにわたって無数の優れた作品を生み出した。ヨーロッパのモダニズムは近代以降の歴史や伝統に深く根づいたところでそれらへの反発として破壊衝動的に現われたものであったから、当人たちが意図したとおりにはそんなに簡単にみずからの存在原理と切れるわけではなかった。たとえば、シュールレアリストのオートマチスム（自動筆記）にしても、詩的エクリチュールが発動するさいに詩人たちの脳裡から完全に意識を放逐することはできなかった。ただ伝統的価値や制度や権威にたいしてできるだけフリーになるべく、そしてことばのうえでのコンテクストや文法などに依拠せずにことばを発することができることを示したところに否定的媒介としてのシュールレアリスムの存在理由があった。

しかし日本のモダニズムはそういう芸術上の痕跡をほとんど残すことができなかった。日本の近代というものが西欧の模倣であるかぎり、近代を準備する当座の布石にはなっても、それ自体として近代を獲得することはできない。たとえば藤井貞和も『日本文学源流史』（二〇一六年、青土社）のなかで戦前日本のモダニズムについて「モダニズムが欧米世界から持って来られる際に、〝古代〟〝中世〟〝伝統〟から切り離され、それらを原郷に置いてきたために、うわつらだけを持ってきた日本のそれは、土台のない楼閣であると言ってよい。源流史じたいが成り立たないといってよいような、なんとも危なっかしい建築物としてあるのではなかろうか」（三八五―三八六頁）と書いている。すでに引用したように、ヘーゲルの市民社会論は〈法〉のもとでの個人の生きかたが他者を想定し認知せざるをえないものであることを示しているし、一般に他者を意識することが近代の符牒のひとつとなっている。また、たとえばフッサールは近代をとおくデカルトに起源をもつものであることを示そうとする。

近代において、悟性ないし理性の理論、精確な意味での理性批判、超越論的問題と呼ばれているものは、その意味の根源をデカルトの省察のうちにもっている。古代においては、このような問題は知られていなかった。というのは、古代には、デカルト的判断中止やその自我《エゴ》は縁のないものだったからである。

（『ヨーロッパ諸学の危機と超越論的現象学』細谷恒夫・木田元訳、一九七四年、中央公論社、一一四ページ）

フッサールはこの書物の「結語」において、デカルトを「近代という歴史的時代の創建者」（三八〇頁）と呼んでいるが、さまざまな異論はあっても、総じてヨーロッパにおける近代とは、デカルト的思惟に起源をもつ理性の超越論的立場――現実に身を置きながらもそこから理性や観念がそれ自体の運動を可能にすること――が既成の観念や宗教から自立することによって端緒をひらくことができたのである。言い換えれば、社会や歴史から独立した自我の意識をもつところに近代は始まったのである。

封建的意識から抜け出せていない前近代的社会では、自我の意識をもつこともできていない個人はまだ個人としてそもそも成立していない。だから個人意識のないところにはましてや他者意識など生じようはずがないのである。その意味では、日本社会は現在においてさえ、ほんとうの意味での〈近代〉――すくなくともヨーロッパ近代社会的な意味での〈近代〉――はまだまだ未成熟のままであると言うべきかもしれない。

文学において近代とは近代意識のことであるが、近代社会として未発達のところに近代意識は形成されないから、強制的に移植された日本モダニズムは、西脇順三郎がそうであったように、それぞれの個人においても運動としても本質的に根無し草にならざるをえない。つまり、日本のモダニズムはモダンの仮象にすぎなかったのである。

もちろんモダニズム詩が戦前日本の現実に根づいていなかったとはいえ、突出した言語感覚をもち、流星のように時代を先駆して消えた左川ちかや藤田文江のような特異な女性詩人がいたことは、たかとう匡子が指摘しているとおりである（『私の女性詩人ノート』二〇一四年、思潮社、参照）が、彼女らの才能も当時の時代環境にあってはついに〈徒花〉になるしかなく、近代詩史にわずかに名を残すか、あるいはまったく無名であるしかなかった。先駆的な女性詩人が脚光を浴びるほど戦前の日本社会は解放的ではなかったのである。

ここでこれ以上、歴史的な意味での日本近代について論じているわけにはいかないので、戦前のモダニズム詩の歴史的意味について要領よく整理してくれている大岡信の所説を引いておこう。

明治の文明開化以来くりかえし試みられてきたヨーロッパ的なものの日本的土壌への移植は、『詩と詩論』以後『新領土』にいたるモダニズム詩運動において、少なくとも現象面ではきわめて急進的に、ある意味では破壊的なまでに大量に、試みられ――そして失敗した。それは他の極において、保田与重郎を中心とする一群の文学的日本主義者が、文明開化主義の急進的な否定と、日本的なものへの痙攣的な復帰を試み、急速に失敗への道をたどったのと正確に対応しているといえるかもしれない。これら二つの運動は、ほとんど完全に対蹠的な性質のものであり、何ひとつ共通点をもっていなかったとさえいえるが、にもかかわらず、ある本質的な欠落感、虚しさ、不毛の自転運動といった感じを与える点で共通している。それは、いずれの場合にも、運動のプログラム自体にゆがみがあったことを暗示しているが、これらのゆがみの源をたぐってゆけば、近代日本の急速な資本主義的発展を支えてきた開化思想が当初からもっていたゆがみにまでつながっているだろう。その意味で、日本浪曼派とモダニズム運動とは、それぞれの対蹠点において、近代日本の文学思潮の最も動揺的な部分を代表していたといえるだろう。

（「戦争前夜のモダニズム――『新領土』を中心に」、『超現実と抒情』四五―四六頁）

さすがに条理を尽くした批評で、日本浪曼派にまでパースペクティヴを広げてそこに共通点を見出しながらモダニズム詩を特徴づけている。モダニズムがこうした裏づけのない日本近代を背景にして生まれたことに相応するように、鮎川信夫もまた生活に根をもたない高等遊民的な立場からモダニズム運動に参加していったことは否定できないのである。その鮎川もまた、モダニズム詩を大岡と同じように否定的に総括することになる。

戦前のモダニズム詩派は、ダダ、シュール以後の西欧文学の影響下に、そのほとんどが無意味な難解詩をつくり出し、伝達上、はなはだしい不利を招きながら、かえって芸術上の前衛を気負うふうがあった。それは、庶民とも、民衆とも、大衆とも、人民とも、国民とも、まったく無縁の奇妙な文学であって、根無し草である当時のインテリ詩人のよわよわしげな知性と感性を、わずかに反映しているといったものが多かったのである。

（「詩人と民衆」、『全集Ⅱ』二三八頁）

ちなみに、大岡の「戦争前夜のモダニズム――『新領土』を中心に」は一九六〇年の執筆であり、鮎川のこの文章は一九五六年のものであるから、鮎川はこの時点で大岡のモダニズム批判に先立って、モダニズムの内部にかかわった者の視点からの反省として、突き放すようにこれを書いたと言えるだろう。渦中にいたときには十分に見えなかったモダニズムの否定的側面がきっちりと指摘されている。そこには自己批判もふくまれていたにちがいないのである。鮎川は後年、春山行夫について「浮わついた青年期のモダニズム」（「戦後詩の拠点」、『全集Ⅱ』三三〇頁）というような辛辣な証言を残している。

4

鮎川信夫には「近代詩における『近代』の運命」という一九六二年に書かれた短いエッセイがある。これは角川書店から出された「近代文学鑑賞講座」という全二十五巻シリーズの「近代詩」という巻に収められたものであり、おそらく近代詩における〈近代〉の意味を教科書ふうに設問されたのに応えたもので、一般読者にむけて新体詩から説き起こした概説にすぎないが、ここで鮎川は近代詩を総体として否定的にとらえている。この節ではこのエッセイの内容を吟味することで、あらためて鮎川における〈近代〉の意味を問い直してみることにしよう。

明治期のハーバート・スペンサー流の進化論的思潮に乗った外山正一、矢田部良吉、井上哲次郎ら東大系のそれぞれ社会学者、植物学者、哲学者という、本業は必ずしも文学者ではない知識人たちによって編纂された『新体詩抄　初編』（一八八二年）は、言うまでもなく日本近代詩の発端を築いたものであったとはいえ、訳詩もふくんだおよそ文学的とは言えないようなアンソロジーであった。ただそこで提出された「新しい体をもつ詩」＝〈新体詩〉という概念こそが当時の若い詩人たちの心に強く働きかけ、これを契機としてさまざまな流派が明治日本の発展とともに出現してくる。そのもっとも早い現われが島崎藤村の第一詩集『若菜集』（一八九七年）であり、その――稚拙さにもかかわらず――大きな成功が日本近代詩をさらに前進させた。鮎川はそのことには触れずに、新体詩以降の詩のなかで象徴詩派や民衆詩派をさしおいて、その後のモダニズムとプロレタリア詩の運動に一定の評価を与えている。その評価の理由を鮎川はつぎのように書く。

日本の近代詩に新しい局面をひらいたという意味で、どちらも劃期的な意義をもつものであった。いろいろ批判はあるにせよ、文学的な型式と素材の面において、これらの運動の推進

者たちは、それぞれ同時代の意識に徹底していたと言える。（同前三一〇頁）

そういう評価はどうかなと思うところがあるが、ひとまず鮎川の言い分を聞こう。このあとにすぐつづけて鮎川は書いている。

近代詩人の意識の中には、つねに前近代への否定の意識が存在していた。これは、あえてモダニストの詩人やプロレタリア詩人の場合のみにかぎらない。新体詩以降の詩界は象徴詩派、民衆詩派、感情詩派、プロレタリア詩派、モダニズム詩派等が代表的な詩的世代を形成したわけであるが、それら諸流派は、相互にほとんど交流もなければ、引継ぐものもなかったのである。あからさまに言えば、相互間の否定や断絶や無関心がつくり出した空隙の大きさは、彼等の試みを単なる試みとして、それぞれ孤立化させるに役立っただけであった。したがって、変化の多様性はあったが、そこに史的な意義を認めうるほどの発展は見られなかったのである。（同前三一〇―三一一頁）

こうした日本近代詩史における不連続、断絶の指摘はこれまでもしばしばなされてきたものであって、鮎川の独自の見解というわけではない。そうした不連続のなかに突然変異のように個別の大詩人が現われてくるのが日本近代詩の特徴であって、それぞれの詩人は、ヘッケルではないが、個体発生は系統発生を繰り返すことによって、つまり伝統のなかからではなく詩的言語にたいするみずからの固有の感受性とことばの発見によって、近代詩のなかでそれぞれの独自性を獲得してきたのであった。《全体の歴史を形づくる上に、近代詩の縦の流れは何か大切なものを欠いていたように思われる。……新体詩以後の新しい詩の運動が経験したはずの「近代」の性格を考えてみた場合、その未熟さ脆さは蔽うべくもない》(同前三一一頁)と鮎川は近代詩が日本近代とかみあわないかたちで跛行してきたことを指摘する。《はじめから「近代」は、奇妙な混乱した状況下に日本の詩の中に入ってきた。お手本は、むろん西欧の近代の文物である。あわてて嚥下されたそれらが不消化だったとしても、あるいはやむをえないことかもしれない》(同前)として、しかもそれが以後もずっとつづいていることを認める。手本としての西欧の近代そのものも第一次世界大戦をきっかけとしてそれ以後も深刻な危機にさらされており、そうした影響下にあったモダニズムの自己崩壊ぶりは目に余るものがあっただろう。それに反発するかたちで「四季」派に代表される日本的「自然」の復活や日本浪曼派のような擬制的復古主義が現われたのが戦前の詩の状況であった。鮎川はそうした近代詩における〈近代〉の運命をつぎのように結論づける。

しかし、詩にはたえず立ちかえらなければならないふるさとのようなものがあるとはいえ、新しきものの欠陥を古きものの復活で補おうとするのは衰退のあらわれである。詩の母胎である感情は、それによってあるいは一時的には満されるかもしれない。だが、歴史を嘆かせてまで、感情の弱点に忠実であろうとするのは、やはり一種の敗北主義にすぎない。
（同前三一三頁）

そして鮎川はこうした戦前・戦中の近代詩のありかたへの反省にもとづいて戦後詩の現在があることを主張するのである。

戦後詩は、意識的にか無意識にか、このような「近代」に対する反省から始まっているところがある。「荒地」や「列島」の仕事を、たとえば戦前のモダニズム詩派やプロレタリア詩派の仕事とならべて比較してみるとき、この意味は容易に理解されよう。事実上、戦後詩は、戦前の詩的意識と全く断絶したところから始まったにもかかわらず、「荒地」はモダニズム詩派の、「列島」はプロレタリア詩派の役割を引きついだと見られる部分があったのである。
（同前）

こうして鮎川は近代詩の失敗の連続の延長上に、その失敗を反省したうえで引き継いでいこうとしたのが戦後詩であったと総括する。『荒地』派の詩が戦前のモダニズムの詩の延長にあるとはとうてい思えないが、鮎川にはそういう意識のもとに『荒地』の運動を主導したという意識があったのであろう。みずからの詩的出自であるモダニズムへの未練というか、そこにかすかな連続性を見出そうとする自己救抜か、鮎川の自己意識が問わず語りに反映したエッセイではないかと思われるのである。鮎川は後年、「現代詩との出合い」というエッセイで、季刊『詩と詩論』の一冊を古本屋で見つけて買ってきたときのことを書いている。——「詩も評論も、難かしくてよく分らなかったが、私は萩原朔太郎をやめて、たちまちこちらに転向してしまったのである。以来、私は本質的にはモダニストである、——と自分では思っている」（同前三三九頁）と。どこまで間に受けていいかわからないところであるが、鮎川がモダニズムを全面的に否定していたわけではなかったことがわかる。

中原秀雪が『モダニズムの遠景——現代詩のルーツを探る』（二〇一七年、思潮社）で現代詩につながるモダニズムという視点から春山行夫を論じていて、名前ばかりが知られていてその実体があまり明らかにされてこなかったこの詩人をいろいろ分析してくれているが、そのなかで春山の詩論が感情よりも技術と知性を重視するところにあるとし、ここに現代詩につながるルーツをもとめている。《詩の基盤は、「情感」から「理知」に移り、「音韻」を離れて、「イメージ」の創造に力が注がれることになる。詩そのものは、「自然発生」ではなく、「意識化・方法化」され、「歌う行為」から「思考の美学」へと変貌するのである》（九一頁）と中原は指摘していて、たしかに詩をことばの技術として洗練させていく必然性がモダニズムによって切り拓かれたという側面を理解することができる。鮎川が自然発生的な感情をうたう視点をとらず、知的な方法論（詩的戦術）をとろうとしたことの理由がわかるのだが、その一方で鮎川はこうも言うのである。さきに引いた「現代詩との出合い」のなかで「いくら、詩に関する認識が新しくなっても、なかなか感情の質をかえることができるものではない。多くのモダニストの躓きの石となったものはその知性と感情のアンバランスであった。モダニストといえどもけっきょくは土台となっている感情が古く、環境が閉鎖されると土着的な思想に敗北することになった」(『全集II』三四七頁)と総括しているのである。これはモダニストの弱点をよくついているもので、鮎川はそうした日本モダニズムの弱点をどう克服するかに戦後のみずからの生きかたを賭けていくことになる。はたして鮎川はこの日本近代詩史の否定性を抜けてどこへ超出しようとするのだろうか。

## 第二節 〈アメリカ〉という表象

1

戦後まもなくの鮎川信夫には「アメリカ」という未完の長篇詩がある。一九四七年十月の『純粋詩』に発表された作品で、後半に「『アメリカ』覚書」という、当時の鮎川の詩論的主張の要約とこの詩の自己解説とも言うべき長いエッセイが付くというかなり特殊な形式をとっている。作品自体も八つのパーツに分かれた一六九行に及ぶもので、そのうち自己のものもふくむ大小八つの引用が五十九行分あり、全体の三分の一を超えるという特徴がある。これについては「覚書」で鮎川自身、「私はこの作品でかなり烈しく剽竊をやった」（『全集Ⅰ』四一頁）との証言がある。その理由として「言葉を自発的に受取る方が、そしていわば我々のなまのままの刻印のある言葉の方が私に強く役立つように思われたからである。そしてその私の存在のうえに記された言葉の証跡からなるべく元の形をこわさぬようにした」（同前）とつづけて書いている。この〈剽竊〉ということばにそれほどとらわれることはないとわたしは思う。もしかするとわたしの気がつかないところでの剽窃はあるかもしれないが、そうでないかぎり、引用自体は剽窃ではないからである。

詩「アメリカ」はこう始まる。

それは一九四二年の秋であった
「御機嫌よう！
僕らはもう会うこともないだろう
生きているにしても　倒れているにしても
僕らの行手は暗いのだ」

（『全集Ⅰ』二七頁）

この引用部分は森川義信が出征するにあたっての鮎川への手紙のことばである。正確に記せば、《彼は、「生きているにしても、倒れているにしても僕の行手は暗いのだ」という便りを最後にして、軍隊に入るやすぐ外地へ赴いてしまった》（「森川義信Ⅰ」、『全集Ⅳ』四九頁）とあるように、「僕」が「僕ら」に変えられているような小さくはない異同はあるが、この詩が森川の記憶から開始されていることがまずは確認できる。このことは『戦中手記』のなかでも繰り返されている。

彼が死んだといふことは僕にとって非常な打撃であった。彼は仏印へ赴く前の最後の手紙に、「僕のことを思ひ出すことがあったら『魔の山』の最後の一頁を読んでくれたまへ。私の未来は起きてゐても倒れてもゐても暗いのだ」とあったのを思ひ起して早速、『魔の山』の最後の一頁を読み返し、目がしらを押へずにはゐられなかった。（『全集Ⅱ』五〇二頁）

ここで言及されている『魔の山』とは言うまでもなくトーマス・マンの長篇小説だが、その最後の一節はこんな文章で始まる。すでにいちど引用しているが、あらためて引いておこう。

さようなら——君が現実に生きているにせよ、あるいは単なる物語の主人公としてとどまるにせよ、これでお別れだ。君のこんごは決して明るくはない。君が巻きこまれた邪悪な舞踏は、まだ何年もその罪深い踊りを踊りつづけるだろう。君がそこから無事で帰ることはあまり期待すまい。

（トーマス・マン『魔の山』新潮文庫、高橋義孝訳、下巻六四六ページ）

森川や鮎川が読んでいた『魔の山』が誰のどういう訳だったかは不明だが、いずれにせよ、軍隊で外地へ赴く森川が鮎川にこの部分をみずからの遺書として読んでもらいたいと望んだのは、第1章第三節で書いたように、三角関係のもつれもあってやや自暴自棄になっていた森川の心境がそこにそっくり書かれていたからにちがいない。もう一方の当事者でもあった鮎川がこのことばにほかの誰よりも強く感応しただろうことは想像するに難くない。

ともあれ、この作品で鮎川はこうしたみずからの胸に刻まれたことばの直接性を引用の多用というかたちで再現しようとしているのだが、鮎川が意図したようには引用が機能していないところも目につく。この作品が大作であるにもかかわらず、もうひとつくっきりとした映像をもたらさないのは、こうした引用それ自体の意味が作品の地の部分とうまく連繫がとれていないところが多いからである。引用はいわば焦点である。それがなぜそこに引用されているのかを読者が理解できるようになっていなければ、引用は素材そのままになってしまい、断片として投げ出されているという印象を受けざるをえない。鮎川の裸の心象が露わに示されても、読者はそれを再構成することができないのである。あるいはむしろそれは読者の問題というよりも、作品構造の必然性にかかわると言ったほうがいい。作品自体が構造的にその引用を必然化していなければ、作品としては失敗作に終わらざるをえないということだ。この作品が問題作であるにもかかわらず、そして部分的には魅力的なフレーズをふりまきながらも、未完の壮大な失敗作に終わっているのはそうした内的必然性が十分に構造化されていないからである。鮎川はこのことをじつはよく自覚していたはずである。「覚書」の最後でその認識を書いているからである。

私は断片を集積する。私はそれらを最初は漂流物のように冷やかに眺めているが、次第にそれらの断片によって我々の世界が支えられていることに気づく。私はそれらの断片に、総括的な全体との関聯において、部分としての位置を与える。勿論一つの断片と雖も全体を変えるほどの影響力を持っているものであり、もしそれが精神に深く刻まれるなら、それから故意に逃れ出ようとする努力そのものが正常なものと言えぬくらいのことがしばしばある。／私はやりきれない気持でこの作品を放棄する。或は放棄するところまで行っていないにも拘わらず悪い眩暈のうちで中断する。言葉にしがみついている記憶の固執と、断片の死臭と言語の保存用アルコールの厭な臭気とを感じながら……。

（『全集Ⅰ』四一頁）

なんとも未練たらしいと言うしかないが、引用の断片性、個人的記憶の主観的固執性などを作品化の過程で実感したのだろう。しかしこれらについて詩句のなかで説明的な繋ぎを入れる気にはなれなかったのではないか。鮎川にとっては記憶の絶対性はこれ以外の提示のしかたが不可能と感じられたのではないかと思う。そしてその理由として考えられるのが、またしても森川義信の記憶であり、その死が遺した残響がここにも強くこだましているのである。「アメリカ」の最初の引用部分につづく前半の部分はあきらかに詩「死んだ男」を何度も反復しているところがある。

死の滴りは生命の小さな灯をひとつずつ消してゆく
Mよ　君は暗い約束に従い
重たい軍靴と薬品の匂いを残し
この世から姿を消してしまったのだ
死ぬことからとりのこされた僕たちのうえに
君のなやましい顔の痕跡をとどめて
なぜ灰と炎が君を滅ぼす一切であったのか？

（同前二七―二八頁）

死んだ男のために
一九四七年の一情景を描き出そう
僕は毎晩のように酒場のテーブルを挾んで

賢い三人の友に会うのである
手をあげると　人形のように歩き出し
手を下すと　人形のように動かなくなる
彼等が剥製の人間であるかどうか
それを垂直に判断するには
Mよ　僕たちに君の高さが必要なのだろうか？

（同前二九―三〇頁）

これらの断片で鮎川は死んだ森川の残像に問いかけ、あるいはありえたかもしれない森川の存在を喚起している。ここには「死んだ男」で描き出された森川および詩友たちとの交友のありさまが、今度は自動人形の友人たちという否定的なイメージで反復されている。そうした意味で詩「アメリカ」は詩「死んだ男」を敷衍したかたちで展開されようとし、そこに戦前の代表的作品のキーワード、〈また明日会いましょう　もしも明日があるのなら〉（「囲繞地」）、〈星のきまっている者はふりむかぬ〉（「橋上の人」）を織り込みながら、「覚書」にあるように「ぐらつかない言葉によって存在を満たすこと」（同前三八頁）を実現しようと試みた作品であると言ってかまわないだろう。

2

しかしこの作品はなぜ「アメリカ」なのか。ここまでの記述からみても、後半で〈アメリカ……〉と三度（うち一回は壁の反響としてだが）出てくる呟きの唐突さは理解しにくい。おそらくこの時代の鮎川にとって〈アメリカ〉という表象は、日本近代化の宿命的なネガとしての日本帝国主義とその実働部隊であった日本陸軍に従軍させられた者として、元の敵軍ながらも戦後は解放軍として目の前に現出した自由のシンボルとして存在したのではなかったか。戦争従軍体験以外に最後までアメリカはおろか海外に出て行くこともあえてしなかった鮎川が、アメリカという表象をどのように持続し変容させていったのかは晩年のコラムなどでうかがうしかないが、アメリカの雑誌を数誌も取り寄せていたという（隠れた妻、最所フミが取り寄せていたのを読んでいただけという可能性のほうが現実的だが）鮎川のアメリカへの関心は終生変わることはなかったかもしれない。とはいえ、この鮎川の〈アメリカ〉という表象は〈自由の国〉という近代の終着点の幻想から徐々に離れていくものであったのではないかと考えても不思議ではない。

その意味では鮎川の「Solzhenitsyn」と「必敗者」という二つの作品は、晩年の（それにしても早すぎる晩年だ）鮎川におけるこの〈アメリカ〉という表象の意味を探るうえできわめて象徴的な作品だと思われるので、つぎに簡単にふれておこう。

「Solzhenitsyn」は一九七四年の作品だが、このロシアの亡命作家ソルジェニーツィンの西側諸国での発言をもとに構成された政治詩である。

　ソビエト体制とは
　監獄・収容所システムにほかならぬ　と
　自己の経験をまっすぐ語るあなたの言葉は
　いつもかぎりなく透明で　疑問の余地なく真実だから
（『全集Ｉ』二七〇頁）

　当然のように『１９８４年』で無気味な秘密情報管理国家を描いたジョージ・オーウェルへの言及もあるこの詩は、いわばアメリカ的自由の視点から現代ロシア社会を批判的に見ている作品で、鮎川はここでロシア的秘密警察国家の絶対的反対物としての〈アメリカ〉に完全に肩入れしている。その意味ではソルジェニーツィンをロシア的不自由への反抗者として英雄視する見方はホワイトハウス的な解釈とＣＩＡの情報操作にのったもので、作品としても鮎川らしからぬプロパガンダ詩と言わざるをえない。「世界は誰のものか」というスターリン批判の詩なども同じ傾向にある。「Solzhenitsyn」は詩としては通俗的ヒューマニズムにあふれた詩だが、鮎川のなかにこの詩を書く内的必然性はあまり感じられない。たんにロシア嫌いという側面と、西側メディアによって過剰に美化されたソルジェニーツィン像を増幅させ、思い入れを加えたものである。これは後年、吉本隆明との思想的別れにつながったロス疑惑事件の三浦和義評価をめぐっての鮎川の論点が、マスコミや低俗なジャーナリストの三浦擁護にたいして、心証主義というあやうい論拠で三浦を断罪した手法と通ずるものがある。結果論的には鮎川の主張は正しかったが、思想のレベルでものごとを考えなくなった鮎川は事実ベッタリの評論屋に成り下がっていく。この点を吉本は鮎川の老いと指摘したのである。(*3)

一九七八年に書かれた「必敗者」ではやや様相を異にしている。この詩はデルモア・シュワルツという作家が書いたむかしの短篇で主人公の自称詩人コーネリアスの物語を主題としたものだが、この主人公があるとき宝くじで大当たりした賞金を、みずからが「詩人」であると公衆の面前で名乗ってしまったことがきっかけでひとに全部あげてしまう。この気前の良さが詩人としての自己証明というわけなのだが、これを書いた作家のほうは一時の名声から落ちぶれて悲惨な死を死んでしまうというエピソードを鮎川はきわめて散文的に書いている。

アルコールと麻薬に蝕まれた生活で
アメリカ社会における成功の蔭にある失敗のさまざまな痕跡が
かれの肉体に刻まれていき

---

(*3) このあたりのことについてはかつて『現代詩読本　さよなら鮎川信夫』(一九八六年、思潮社)掲載の「〈モダン〉の思想的極限——最後の鮎川信夫」で書いたことがある。本書の付録に収録。

ニューヨーク市の屍体置場までつづくのである

（同前三二六頁）

ここで鮎川はアメリカ的自由というものがほんとうの自由ではなく、金銭の代替として得られるものにすぎない事実にぶつかっている。自由とは幸運だったり才能があったりするかぎりにおいてしか存在しない、というのが近代のどんづまりで資本主義という経済至上主義原理が提示する大原則なのである。鮎川がそこで〈アメリカ〉という〈自由の国〉が幻想にすぎなかったことを認識したかどうかは最終的にはわからないままだ。この詩は最後はこんなふうに終わっている。

ところで　日本の社会の日陰を歩む
われわれのコーネリアスは　いまどこにいるのだろう?
制度の春を病むこともなく　不確定性の時代を生きて
自殺もせず　狂気にも陥らずに
われわれのコーネリアスはどこまで歩いていけるだろう?
口誦さむ一篇の詩がなくて!

（同前）

ここで視点は日本の〈コーネリアス〉に移る。これはおそらくなかば自分にも擬したイメージかもしれないが、そこには原作者デルモア・シュワルツの悲惨を生んだアメリカ現代社会の歪みにたいする批判はついに展開されることはなかったのである。

## 第三節　「戦争責任論の去就」の挫折

1

それでは鮎川信夫にとって〈近代〉とは最終的にどういうものだったのだろうか。鮎川のように戦前においてすでに戦後的だったと言えるような、戦後日本ではめずらしく自覚的な時代意識をもって生涯を送った知識人にとって、みずからが体現し主導してきたはずの〈戦後詩〉的現象とは日本近代にたいしてはたしてどんな意味をもっているのか。

第二次世界大戦の敗戦によって、戦前の日本が、近代化が欧米水準に相対的に近接したつもりの軍事・政治・経済支配構造のもとに天皇制という冠を載せた国家であり、実質は封建遺制を温存した前近代的社会構造との偏頗な二重性によって構成されていた国にすぎなかったことが明らかになった。戦争を支えた兵隊は言うまでもなく、銃後の社会が翼賛体制のもとに結集させられていたのが戦前日本人の一般的ありかただったとすれば、戦後になっても多くの日本人は戦前の意識をそのまま引きずってきたと言わざるをえない。軍国的天皇制が象徴天皇制に代わっても、依然として天皇崇拝の現象は変わらなかったし、新たな支配者として〈アメリカ〉が降臨したのだが、同じように拝跪することに変わりはなかった。もちろん、それでも戦前日本よりは相対的にはるかにマシであったのは、戦争放棄を謳った平和憲法がアメリカ主導のもとに制定されたことからも言えるだろう。それが日本国民全体の内発的な創造力の産物でなかったことだけは確認しておかなければならないとはいえ、それが現在の超反動権力が主張するようなアメリカのお仕着せ憲法でなかったことも多くの研究が示すとおりで、敗戦直後に一部の先進的な日本人がこうした状況下で政治的にも思想的にも献身的な努力をおこなったことは事実である。時代を切り拓く活動がかれらにもとめられたのである。(*4)

たとえば鮎川信夫も、局面こそちがうが、そのひとりだったと言っていい。その鮎川がおそらく戦後まもなくだと思われるが、こんなことを書いている。

日本の思想史にとって、コミュニズムが輸入されたということは特筆すべきことである。戦争に対してコミュニストたちが明確な反戦的態度をとり得たということ、彼等は国家主義者や軍国主義者に較べて遥かに劣勢であったにも拘わらず、知識人としてその思想的信念をともかくも貫いてきたということは、決して過小評価されてはならない。(*5)

この文章は事実判断としても基本的な間違いをふくむが、(*6)鮎川の左翼嫌いはこの時点ではまだ発生していないところがおもしろい。それからまもなく起こった『死の灰詩集』論争あたりを契機にして日本共産党やそのシンパからの名指しの批判やその間のさまざまな実態暴露などがあって、この最初期の評価が崩れ去ったとは想像がつく。後年の右派ジャーナリズムに反共的コラムを書くようになる鮎川の筆鋒は鋭いが、生産性はない。もともと鮎川の政治性は近代的自我の形成に拘泥した個人的なものであると思われるし、あとで確認するように鮎川もそのことははっきり認識している。

ボードレールの抱いた夢が、常に破滅的であったということは、改めてわれわれに近代的自

(＊4) 憲法学者鈴木安蔵を中心に高野岩三郎、森戸辰男らの憲法研究会のグループが戦後の新憲法の草案づくり(憲法草案要綱)に深くかかわり、明治憲法の精神を否定し国民の生存権の主張を強く盛り込んだこの草案が日本国憲法に生かされている事実が存在する。たとえば藤井貞和『非戦へ――物語平和論』二〇一八年、編集室水平線、五五―五八頁、参照。

(＊5)「犠牲になった世代」、『全集Ⅳ』三五四頁。掲載誌未詳だが、おそらく戦後最初期のものと思われる。文中の「過小評価」は原文では「過少評価」となっている。

(＊6) 戦時中、日本共産党の幹部のほとんどは獄中か国外逃亡していたのであり、行動実践としての反戦はなにもなされなかった。

我の暗い宿命を考えさせずにはおかないものがある。なぜならば、それはすべての現代の詩人にも関係があることだからである。（「ボードレールについて」、『全集Ⅳ』三二〇頁）

こうした近代的宿命論が鮎川の本音だったのだろう。戦後直後に鮎川や『荒地』派詩人たちが、すくなくとも詩の世界で大きな発言力を得たのも、かれらが戦前から培ってきた英米詩を中心としたヨーロッパ同時代の詩についての知識と近代理解がおおきくものをいったところがあるが、総じて詩を中心とした文学的なものであって思想的なものではなかった。せいぜいのところT・S・エリオットかポール・ヴァレリーの文明批評でしかなく、同時代の哲学や社会思想的な裏づけには乏しかった。かれらの先進性がモダニズム的感性をベースに戦争の個人的体験を接ぎ木したところにリアリティを獲得した詩を中心にしているかぎり、戦後直後の日本のどのジャンルにも拮抗しうるインパクトを与えることができた。詩が社会批判的な力をもったということである。しかし、日本社会が経済的復興とともに歴史や社会意識にすこしずつ目覚めはじめるにつれて、『荒地』の詩が急速に時代の流れに呑み込まれていくようになったのは、こうした『荒地』的方法が飽和状態に達してしまったことと無関係ではない。その意味では、一九六〇年安保闘争は、その後の一九六八年大学闘争とともに、前近代的日本社会が従来の国家体制および日米安保体制や大学支配にたいしてようやくそれぞれの個人意識（＝近代的自我）に目覚めて、社会運動としても大きなうねりをもつようになった時代の里程標である。一方で高度経済成長が現実のものとなり、実質的にようやく欧米並みの近代化がかたちをとりはじめた時代でもあった。戦後意識の風化がはっきりしてきたのもそのころからであろう。鮎川の詩的方法がこのあたりで行き詰まったのはこうした背景があるからである。

2

話がやや先走ってしまったが、こうした近代化の途上にあった一九五〇年代には、詩や文学の世界でも前述した『死の灰詩集』論争などを経て、吉本隆明と武井昭夫による文学者の戦争責任批判がおおきく情況を動かした。そういう動きのなかで鮎川は『死の灰詩集』論争では中心的な役割を果たしたが、戦争責任の追及という点では吉本たちにはるかに遅れをとることになる。この問題について論及した鮎川の「戦争責任論の去就」というエッセイはめずらしく鮎川が本音（弱音）を吐いているという意味でもおもしろいばかりでなく、ここで問題になっている事態の本質が文学（詩）の近代意識の転換であることがリアルタイムで語られているという意味でもきわめて重要な文書である。

このテクストをくわしく検討することにしよう。このテクストの冒頭で鮎川はまずつぎのように問題設定をおこなう。

詩人の戦争責任については、これまでにも私は、いろいろのかたちで機会あるごとにふれてきたと思う。戦後、政治と詩との間に新しい問題が発生するたびに、私はかならずといってよいほど戦争責任を引合いに出してきた。／『荒地詩集』が出るようになってからでも、抵抗詩批判、反荒地派批判、『死の灰詩集』批判と、そのどれをとっても戦争責任につらなる問題ばかりである。今からみると、いずれも中途半端な姿勢で徹底を欠き、その場かぎりの議論が多く、戦争責任にも断片的にしかふれられなかったという憾みがある。しかし、この問題に関するかぎり、私の根本的態度は、一貫して変るものではなかったといえよう。

（『全集Ⅳ』四七五頁）

と書きはじめたところで、これにすぐつづけてつぎのような自己批判ともとれる文章を書いている。

最近になって、その私の根本的態度が、いかにも窮屈で発展性がなく、不毛の思想に支えられているのではないかという疑念が生じてきたためである。もちろん、その疑念は、これまでの私の態度を根本から変えさせるに足るものではない。しかし、「一貫して変るものではなかった私の根本的態度」に、自信の表明よりは、論理の無力の証明をみるようになったことは事実である。

（同前）

そして鮎川はその疑念のよってきたるところを、「詩人の戦争責任という問題は、もともと私にとっては明白すぎる問題」(同前) であったし、それは批判されるべき前世代の詩人たちにとってもほとんど自明の、つまり否定すべき無責任な行為であったから、それを必要以上に深く論じることをしてこなかったというみずからの批評性の不徹底ないし欠如があったとするのである。北村太郎の「空白はあったか」(「孤独への誘いⅠ　空白はあったか」、『現代詩論大系1』二六頁) という鋭い批評は『荒地』派詩人からする最初の前世代詩人たちへの挑戦的批判であったが、戦中期の翼賛体制下にあった前世代の詩人たちにとってはたんに時間の空白期としてやりすごしたつもりのことが、北村によってそれは詩人の精神自体の空白だったはずだと指摘されたわけである。それにたいする反論もいくらかはあったようだが、スネに傷もつ詩人たちからすれば、なにを事情も知らぬ若造が、といった気分で「大人の流儀」でやり過ごせるつもりだったろう。その後、吉本隆明によって前世代詩人批判(「前世代の詩人たち」、『抒情の論理』一九五九年、未來社、所収) が書かれたこともあって、連作詩「暗愚小伝」(日本詩人全集9『高村光太郎』一九六六年、新潮社、一五九―一七二頁) で徹底的な自己処罰をおこなった高村光太郎はもちろんのこと、三好達治、村野四郎、北川冬彦など多くの戦争詩人、翼賛詩人は戦後は沈黙に追い込まれていくのである。その決定的な批判が吉本と武井の共著『文学者の戦争責任』(一九五六年、淡路書房) だったわけで、これら前世代の詩人たちにとどめが刺されることになるのだが、鮎川はそれとはまったく別の意味でこの新しいかたちの戦争責任論に衝撃を受けるのである。

そのまえに確認しておかなければならないのが、鮎川のもともってい た戦争責任批判の性格である。それは前述した北村太郎の「空白はあったか」と、それをフォローした黒田三郎の批評が引いた前世代の詩人たちとのあいだの「一線」(「戦争責任論の去就」、『全集Ⅳ』四七八頁)に固執してきたことを述べたあと、《その固執は、世代的経験によるよりも、まったくの個人的体験乃至信念に根ざしていた。「死んだ男」は、私にとって啓示であったし、固執する理由は十分すぎるほどであったのである》(同前)と書いている。すでに何度も書いてきたように、鮎川にとって「死んだ男」とは、それ自体が戦前から戦後へみずからが一線を踏み越えていくための決定的な自己発見(「啓示」)であったわけで、それはあくまでも森川義信という詩人の存在をとおした個人的に重大な体験であった。前世代批判などは眼中になかった。そしてこれにつづけて決定的な証言をする。《私は「死んだ男」を、戦争で犠牲になった死者一般の象徴とはとらなかったし、あくまでも単独者として考えようとした。そして、この考えが、以後の私の思想的行動を決定したのである》(同前)という自己確認をおこなうのである。この「戦争責任論の去就」が発表された一九五九年の段階での証言だからいくらかの認識のズレはありうるが、ここは「死んだ男」の手応えが世代論的立場を超えた単独者存在としての自信を生んだだろうことを考えれば、鮎川のこの証言は信用すべきだろう。鮎川はこの文章ではめずらしく赤裸々に自己史を語ろうとしているところがあり、奇をてらう必要などなかったからである。

鮎川は『荒地』派の一員として活動しようとするよりも、「私は私なりに、自己の個人的体験乃至信念を独自のものとして意味づけるべく、ひたすら単独的に（あるいは独善的に）自己表現の道を目ざしていたと言えそうである」（同前）と言っている。これはおそらくモダニズム時代からの一貫したポジションだろうし、鮎川ほど自己意識の強い人間からすれば、すでにこの時点でこう言い切っている以上、生涯の最後までこの単独者という姿勢を貫こうとして、実際にも貫いたと言えるだろう。そういう鮎川からすれば、アメリカの水爆実験に端を発する『死の灰詩集』などは、詩人の単独性も自己実現のへったくれもない、外在的なテーマに依拠した安手の社会性を標榜する紋切り型の寄せ集めにすぎなかった。

あらかじめ結論を言ってしまえば、少数の例外作品（中略）をのぞいて、『死の灰詩集』にあらわれたような詩人の社会的意識を分析してみると、それは、戦時中における愛国詩、戦争賛美詩をあつめた『辻詩集』『現代愛国詩選』などを貫通している詩意識と、根本的にはほとんど変らないということである。（「『死の灰詩集』の本質」、『全集IV』三八四頁）

鮎川は『死の灰詩集』論争の当初からこのように断言的に詩人の個人意識の未発達を批判したのであり、当人からすれば、あまりにもわかりきったことを書いたまでのことである。しかし、こうした擬社会性をもったアンソロジーというものはいつの時代にも陥穽があって、一九九一年の湾岸戦争のさいにも「湾岸戦争詩」特集が大手出版社のあるポップ雑誌で組まれたことがあり、多くの詩人が参加したことを思い出す。(*7) 汚染された石油にまみれたウミウのやらせ写真を巻頭に置く、紛れもない安易な戦争批判詩特集だった。これなども『死の灰詩集』論争ひいては戦争責任論などの過去の蓄積がなんら学習されていない詩壇詩人たちの蒙昧ぶりをさらけ出すものだったことになる。

それはともかく、鮎川が『死の灰詩集』論争に論陣を張ったのは、「政治主義や集団の権威にたいする言いようのない苛立ち」(『全集IV』四七九頁)があったからであり、「そのどれにも戦争責任の問題が顔を出している」(同前)ことを指摘したうえで、これにつづけてこの論の冒頭で書いた反省をもういちど書き直すのである。

しかし、奇妙なことだが、この問題を真正面に据えて、「戦争責任論」といったものを書こうとしたことはなかった。私にとって、問題が明白すぎたためである。かえって徹底的追求を欠き、断片的発言にとどまり、ついには自己の論理の無力につき当らざるをえないという結果に陥ったのであった。(同前)

鮎川がこう書くとき、『死の灰詩集』に集う詩人たちのように、もともと詩人としての単独性など意識したこともない、意識することもできない相手だったら、みずからの単独性を盾にとってかれらの社会性なるものがどれだけ薄っぺらなものであるかを批判すればすむものであったから、自身の内部の論理の弱さを自覚する必要もなかった。しかし、事態は一変したのである。「だが、そうした内部的な弱さの自覚とは別に、まったく異なった角度から戦争責任に対する私の考え方の根本的欠陥を教えてくれたのは、吉本隆明の仕事である」（同前四八〇頁）として、吉本の仕事がみずからの戦争期における軍国少年であった自分の意識を告白し、それを剔抉するところから前世代の詩人たちの戦争責任を追及するという、自分たちの世代にはない方法的視点を提出したことへの驚きを鮎川は表明する。鮎川と吉本の四歳というわずかな年齢差は、しかしながら戦争期をかたや従軍兵として徴集され、かたや軍国少年として内地に生存するという体験の差を生み、そこから戦争責任へのかかわりの大きな差を生じさせることになった。このいかんともしがたい年齢差が戦争責任、さらにはその責任を戦後においてどう果たすのかという意味での戦後戦争責任の追及に大きな世代差を見せることになったのである。前世代の詩人たちの戦中期の挫折（愛国詩、戦争翼賛詩を書かされたこと）をどう処理するのか、というところで前世代の詩人たちはもちろん、鮎川においても「実は、それがどういう方法なのか、私にもさっぱり見当がついていなかった」（同前四八三頁）というのが実態で、そこを論理的にこじあけたのが吉本隆明だ

（＊7）マガジンハウスが出していた詩誌「鳩よ！」の湾岸戦争詩特集号（一九九一年五月号）。編集したのは、その後、吉本隆明論などを書いた石関善治郎。この号にたいする瀬尾育生の狷介な批判がきっかけとなって藤井貞和とのあいだに湾岸戦争詩論争が起こった。

った。鮎川の受けた衝撃の強さ、深さがつぎの文章によく表われている。

挫折を究明して、それをのり超える方法を、まがりなりにもつかんだのは、前世代でもなければ、私たちでもなく、戦争から全的な被害を受けた吉本たちの世代が最初だったのである。『文学者の戦争責任』では、まだいくらか見くびっていたが、『芸術的抵抗と挫折』（未來社）に至り、自己批判を社会批判にまで拡大転化することで、日本の社会構造の欠陥をその深部から抉り出そうとする姿勢にまで発展したのをみては、その努力の本格的であることを疑うわけには、ゆかなくなってきた。細部において異論があっても、その理論の総体からくる衝撃の重みは、詩人の戦争責任という問題について、これまで私が考えてきたことのすべてを打砕くほど力強いものであった。私は、厚い外被のしたで保護されて、これまで無傷ですごしてきた自己の内なる人を恥じて出直さなければならぬ、とはじめて感じた。（同前）

ここには吉本隆明の戦争責任論の出現にすなおに驚くことのできる鮎川信夫という詩人の感受性の鋭敏さをも同時に認めるべきであろう。吉本の自己批判を表面的に受け取って、そんな人間に他者の戦争責任批判をする資格があるのか、と問う論者もいたぐらいだから、当時の鮎川の感受性がきわだっていたことになる。戦争にたいするなみならぬ思いをもっているはずの鮎川だからこそ吉本の問題提起の切実さに共感しえたのであろう。なぜなら鮎川には、当人の自覚とは裏腹に、この戦争責任についての内在的な問いをすでに発していたからである。もちろんそこには吉本的な、より若い世代からの突き上げるような追及はなかったけれども。詩人としての責任のとりかたを鮎川は対話体の文章のなかですでにこんなふうに語っていたことがある。

ぼくがかれら〔前世代の詩人たちをさす〕に求める問いはこうです。当時にあって、あの戦争、したがってそれに至るまでの社会の動きをふくめて、そうした時代の情勢に抗すべき、なんらかの有力な根拠を見出すことができるか、ということです。答えは、すでに解っているとおり、「否」です。それならば、もし誰かが当時の情勢に、深刻な懐疑を覚えたとして、その懐疑を外部の動きの必然性以上に、強い内的基礎のうえに打ちすえることができるかといえば、これも「否」です。ぼくが注意したいのは、この二番目の「否」なのです。多くの詩人、芸術家、文学者、言論人たちは、当時のことについて、みなこの一番目の「否」を口にするのみで、二番目の大切な「否」に気がつかないか、あるいは頬かむりしてしまいます。

（「われわれの心にとって詩とは何であるか」、『全集II』一六〇頁）

ここではとても大事なことが言われている。一番目の問いは、戦前から戦中期にかけて社会の軍国主義体制に抗すべき方法があったのか、ということで、これはやむなく否定せざるをえない外在的な問いである。しかし二番目の問いは、そうした社会にたいして強い懐疑をもち、それを内在的に否定し、あるいは乗り越えて覚悟の詩を書く方法あるいは詩意識を構築することができたのか、その意識を打ち立てようとしたのか、つまり時代に抵抗する内面をどうすれば構築できるのか闘ったのか、というものであり、そういう内在的な抵抗と方法意識について誰も言及しないのは、おかしいのではないか、というのが鮎川がこの文章を発表した一九五四年時点で考えていたことである。少々わかりにくいが、それが外面は売っても内面は売らない、といった彌縫的な対応ではなく、ぎりぎりのところで戦争翼賛詩を書かないばかりか、そこに抵抗の精神を混入することはできなかったのか、という問題意識である。これは吉本の批判をかろうじて免れる唯一の現場的対応だったはずであり、そうした抵抗の痕跡を探ろうとする試みでもあったはずである。しかし鮎川はその先駆的に獲得しえた論理を貫徹することができなかった。

鮎川信夫という詩人は、時代感覚にきわめて明敏な判断力と観察力をもつところがあって、その批評はするどく問題の根底に肉薄する力をもっている。しかし時代をおおきく超える思想的次元をもとうとしなかったために、その批評はおおむね文明批評的な価値の優劣あるいは対象への感性的な距離感に比重をおいたものになりがちである。鮎川は若いときからなじんだモダニズム的感性と単独者としての自覚と自信をよりどころに情報を読む目を鍛えながらも、この世界がどうあるべきか、みずからはどう時代を変革しようとするのかを突き詰めることがなかった。〈近代〉というものが政治的にも経済的にも両面価値をもつ時代であるかぎり、鮎川はこの立ちはだかる壁を乗り越えて未知のどこかへ向かおうとする精神をもとうとすることはついになかったのではなかろうか。

# 第4章　鮎川信夫と表現の思想

インクや涙や食塩で錆びたりしない
きみはよく切れるナイフ
他人の危ない綱渡りを見ながら
いつも刃を上にむけている親切な男だ
（鮎川信夫「ある男の風景」、『全集I』一三九頁）

## 第一節　隠喩をめぐる言説

モダニズム詩人として出発した鮎川信夫は、苛酷な戦争体験と帰還兵としての経験、森川義信をはじめとする親しい詩友たちの戦病死など、さらに戦後直後の日本社会の混乱を前にして、この敗北経験から新たな意味の再構築へと向かわざるをえなかった。既述したように（第2章第一節2）、「歌う詩から考える詩へ」という表現上の全面的な方向転換をふまえて鮎川を中心とする『荒地』派によって領導された〈戦後詩〉は、失われた意味の回復から手をつけることになる。もちろん戦前から戦中にかけてことばへの信頼がまったく消滅したこの時代において、それでもことばを書くことによってしかみずからの存在を確認することができない詩人としては、死語になることをかろうじて免れた限られた語彙に過剰な意味を負わせること以外に状況を突破する可能性は見出せなかっただろう。現在のようにことばの意味が拡散し稀薄化しても書くことだけはできる日常から見れば、やや過剰な負荷のかかったことばのありかたはいささか重苦しく、尋常とは思えないだろう。すなわち、詩のことばはそれ自体の意味をもつばかりでなく、それによって指向された多重なあるいは重大な意味をもつことが自明の前提となったうえで「使用」されているとみなされている。そこには、たとえば理想化された詩的な〈共同性〉とか、重大な使命を帯びた〈理念〉といったものが想定されている。そうした〈共同性〉や〈理念〉を共有しえない者にとっては、そうした観念は一種の狭い党派性に感じられ、そこから排除されたような思いをもたされる。しかしそこにはこの復興の時代の特質でもあった意味の再生、戦後世代の自己確立（自立）への希望といった背景があって、その狭い党派性＝共同性があたかも時代の命運であるかのような絶対性をもっていたにちがいない。戦後の詩は『荒地』によって席捲され、『荒地』派の詩こそが戦後の新しい詩すなわち〈戦後詩〉、という構図が定着してしまったのはそういう時代背景においてなのである。

　その『荒地』派の詩の表現の方法が、ことばは別のことばの言い換えあるいは多重な意味性を背負うものとして単純化され、古いレトリック（修辞）の一種である「隠喩」（メタファー、メタフォール）にすぎない、としていまでは否定ないし揶揄の対象にまで貶められるにいたっている。あまりにも多くの詩人が隠喩をたんなる技法、それもいまや古臭くなった、廃棄すべき手法のひとつにすぎないかのように考え、そうした発言を無自覚に発散しているのがいまの現代詩である。

## 1

たとえばそのほんの一例としてあげるだけだが、田野倉康一は「死んでしまった喩のために」という文章で、あまりにも単純な認識不足をさらしている（『現代詩手帖』二〇一八年四月号）。その冒頭からして「暗喩の不能という現在から立ちあがってくる即物的な感情」などといったそれ自体まったく意味をなさず、なんの根拠も脈絡もない妄言を書きつけている。それが和合亮一の便乗的な震災詩を援護射撃するための前置きにすぎないのだから推して知るべしだろうが、ここではほんの行きがかり上で隠喩を貶めているかのようである。こういう書きかたをすると、なにか現代的なことを言っているつもりだろうが、かれの理解によれば、その後段にあるように、「暗喩とは言うまでもなくそれを受け入れる共通の価値、共通の経験、共通の世界観を前提とするのであって、（以下略）」と、わたしがすでに指摘した戦後初期の『荒地』派がめざしていた暫定的な方法論にすぎない、隠喩（暗喩）の可能性のうちのもっとも貧しい解釈にもとづいて隠喩を断罪しているつもりなのである。ここには『荒地』派的戦後詩がもたらした隠喩という技法のもっとも安易な一側面が全面的に拡張され、その時代や状況における必然性などには盲目のまま、言ってみれば十把一絡げにして隠喩的なものを総否定しているだけである。

この最近の例でも明らかなように、ここにはあらためて根本から考えなおさなければならない現代詩の理論的問題がある。詩が詩であるためには、たんなる技法や意匠の問題ではなく、詩が言語の行為であるということを踏まえた詩の本質論があらためて問われなければならないのである。それもこのことを抽象的な議論としてではなく、具体的歴史的な事例をおさえながら検討していかなくてはならない。鮎川信夫という詩人の詩業をつうじて、とりあえずこの問題を考えていかなければならないとわたしが思うのは、後述するようにさまざまな問題点があるとはいえ、鮎川こそこの技法を方法的意識的に取り込んだ最初の現代詩人だからである。

そのことを具体的に検証するまえに、最近の隠喩論としては、屈折と錯綜に充ちたアクロバティックな論述にもかかわらず問題の本質にかなり肉迫していると思える宗近真一郎の「リップヴァンウィンクルの詩学[*1]」について見ておこう。もっともこれは隠喩論として書かれたものではなく、永らく外国生活をしてきた者の現代詩シーンへの復帰宣言と問題提起のような論であって、話題が不連続的飛躍的にさまざまに飛び交うなかで、隠喩にかんする言及は断片的かつ俯瞰的なパッチワークといった性格のものになっている。そこから宗近の考えを示すだろうと思えることばをいくつか拾ってみよう。

たとえば《谷川雁が詩作から撤退してみせたのは、一九六〇年のことだが、むしろ戦後詩の運動性はその辺りから本格的に駆動した。六〇年代から七〇年代に亘り戦後詩の黄金時代があり、(中略)戦後詩の黄金時代には「隠喩の王国」の領土が在った。》(『リップヴァンウィンクルの詩学』四九頁)

(＊1) 同題の評論集『リップヴァンウィンクルの詩学』(二〇一八年、響文社)に収録された書き下ろしエッセイ。なお、この評論集は北川透の支持を受けて二〇一八年の鮎川信夫賞を受賞した。

《詩とは戦後詩的な「隠喩」に他ならないが、（以下略）》（同前五〇頁）《そんなきみが四半世紀後に戻った現世で、（中略）現代詩に見出したのは、「隠喩の王国」の領土が、跋扈する詩的「民主主義」に侵入され分断される風景である。》（同前五一頁）

こうした超越論的なテーゼをはさんで阿部嘉昭の『換喩詩学』なる詩の「民主化」＝現代詩の平準化という、詩の解釈の分断線、「地上のポリティクス」の投影、「ネオリベラリズム」の持ち込み（同前五三頁）が批判的に言及されたあと、現代詩の最前線（の一部）に目を移し、こんなふうに書く。

中島悦子も杉本真維子も、戦後詩的な「隠喩の王国」への懐旧から抜け出せない美意識のリゴリズムや、阿部嘉昭のマニフェストである戦後的「暗喩」から現在の「換喩」へという「民主主義」のヘゲモニーに足をとられることなく自律的に詩作品を繰り出している。つまり、「隠喩」でも「換喩」でもないものが出現する。（同前六二頁）

この個別詩人の評価や阿部嘉昭批判はともかくとして、ここでの結論はおおいに問題である。というか、わたしに言わせれば、詩が詩であるかぎりにおいて《「隠喩」でも「換喩」でもないもの》などというものはそもそも存在しえないからだ。あれでもなければこれでもない、といった否定神学のなかからはポジティヴな論点は生まれない。この点は後述するなかでおのずから明らかになるだろうが、こうした宗近の論の超越論的論脈は妥当性を欠くと言わざるをえない。
そうは言っても、宗近の論が隠喩をたんなる用済みの技法として事足れりとする多くの「論者」のお粗末ぶりと一線を画しているのは、論の後半で菅谷規矩雄の〈存在喩〉という概念に目配りをしているところに現われている。〈喩〉のもつ個別のことばを超えた全体性という問題への視角がそこから切り拓かれうる。彼がそこで何を言いたいのかはっきりするために、この問題をぜひ展開してもらいたい。喩（隠喩）というものが詩の言語の根幹にある本質的な問題であることを宗近がすくなくとも理解していることは確かだからである。

2

現代詩の隠喩についての無知ないし無理解の根底には、〈戦後詩〉として戦後直後から一九七〇年代、八〇年代にかけて現代詩をリードしてきた詩人たちの仕事の圧倒的な存在感にたいする若い世代からの意識的無意識的な反撥があった。すでに早くも一九五〇年代において大岡信のように『荒地』とくに鮎川信夫に代表される詩および詩論にたいして強い批判的論説を展開した者もいたが、多くの詩人たちは自分たちの詩のスタイルの確立や個人的意味づけにいそがしく（それは今日においても変わらない）、総体的な批評的言説や理論的展開は大岡ひとりにまかせきっていたように思える。鮎川の盟友でもあった吉本隆明などは逆に独自の壮大な理論構築への志向が強く、具体的な現代詩シーンへの対応は最後までほぼ一貫して俯瞰的概念的であった。また一世代あとの北川透などになると、鮎川や吉本の仕事への親近性も強く、後続世代として『荒地』の仕事を整理し意味づける方向とその延長で主要な批評活動を展開していった。その意味で、その間に現われたさまざまな新しい詩人たちや詩的試みなどは、相対的に軽視されがちであったと言わざるをえない。(*2)

しかし時代の進展とともに鮎川や『荒地』派を中心とした〈戦後詩〉の地図も、かれらの老齢化(死去)や戦争体験の風化とともに徐々に変貌していかざるをえなくなる。その意味では、鮎川や『荒地』派が一種の世代的方法論としてきたかにみえる狭い意味での隠喩的手法――さきの田野倉の言う「共通の価値、共通の経験、共通の世界観を前提とする」手法は、戦争体験といった前提が失なわれ、必然的に詩のめざすべき方向ではなくなっていくのである。ただ、鮎川自身の考える隠喩的手法についての理解はおおいに問題含みであるとはいえ、必ずしもそれほど単純な、限定されたものではなかった。ひとまずそのあたりから検証しておく必要がある。

鮎川は英文科中退という経歴をもつが、かれの隠喩解釈にはイギリス哲学系の経験主義的な功利主義が背景にあり、隠喩をことばの意味の転移論に結びつける安易な考えが顔を出すことがよくある。

メタフォー(隠喩)は、シミリ(直喩)の圧縮されたかたちとして考えられる。メタフォーもシミリも二つのものの比較であるが、「鉄のような意志」と言えばシミリであり、「ような」という副詞を略して「鉄の意志」と言えばメタフォーとなる。（「比喩論二題」、『全集II』二八〇頁）

まったく困ったことに鮎川自身がこういった修辞学の初級教科書に掲載されているような平板な定義をしばしば書いているのである。もっともこの引用の前段に「現代詩はメタフォーの詩であるというのが最近の通念になっている」とあって、鮎川はこの通念の説明をしただけなのかもしれない。実際、これと同じ用例は『現代詩作法』第二部「現代詩をいかに書くか」の「2 直喩について」と「3 隠喩について」でも繰り返されているが、しかし鮎川はこれを肯定的にとりだしているわけではない。こうした隠喩は、「歳月の流れ」とか「春の訪れ」「冬将軍」とかと同じ「日常語化した死隠喩」であって、「対象を習慣的にしか言い表わしていませんので、詩の隠喩としての効果をもっておりません。詩の隠喩は、直喩の場合と同様、やはり対象に私たちの注意をひきつけ、同時にそれを新しく価値づけるものでなければならないのです[*3]」ともはっきり書いている。

（＊2）そこには、みずから詩人であるとともに戦後詩壇ジャーナリズムの領袖のひとりであった小田久郎の好みと価値観が多分に反映していたこともとりあえず指摘しておかなければならないかもしれない。

（＊3）『全集III』一七五頁。〈死んだ隠喩〉という、日常語に吸収されたことばの様態については、ポール・リクールが〈生きた隠喩〉との対比で触れている。

そして別のところでは隠喩という概念を使わずによりくわしくこのことを論じている。

古いものと新しいもの、可視的なものと不可視的なもの、それらを意識的に結びつけることも、一つの調和の発見であろう。僕は敢えて調和の発見といったが、方法論的に言うならば発明というべきかも知れない。なぜなら詩の調和とは、決して自然そのものの調和ではなく、極めて意識的な努力と未知の世界を作ろうとする詩人の作像的意志とを要するからである。詩は、既知の要素によって、未知のものを作りあげようとする生命の働きだとも言えよう。いずれにしても、詩の調和は、人間の生きている知性と感受性に、なんらかの生命的感化を与えるところの、新しいもの、新しい衝動、新しい考え方を含むものでなければならない。

（「現代詩とは何か」、同前一一七頁、傍点――引用者）

ここでは〈調和の発見〉ということが主張されているが、むしろ隠喩と呼び換えるほうがはるかにわかりやすい。わたしが強調した〈発明〉とか〈作像的意志〉ということこそ、詩のことばが世界に向けての隠喩的想像力＝創造力の働きそのものであることを示唆している。鮎川はここでは詩のことばの隠喩性、その全体性への視点をかなりいいところまで打ち出しているが、自覚が十分でないためか中途半端な物言いに終わっている。

それでも鮎川はさきに言及した『現代詩作法』の「3　隠喩について」のあとのほうでこんな

ことも書いているのである。

隠喩には事物の関係を変化させる働きがありますから、隠喩の世界では、すべての事物が新しくなり、事物は習慣となったもの、きまりきったものと見られることをやめて、新鮮な面と雰囲気をつくりだしてゆきます。そして、事物が、このように不断に変化し、どこまでも新しく見直される可能性に向って開放されることによって、それは追求するに足る何ものかになってゆくのです。

（『全集III』一九七頁）

鮎川は凡庸な隠喩排撃論者が考えているほど単純でないことが、こうした隠喩の世界変革性、もっと言えば、世界創造性の力能にまでもう一歩のところまで思考をめぐらせていることでもわかる。しかし残念なことに、鮎川にはそのことを徹底して押し進める意思が欠けているから、英米系の功利主義的言語観にすぐ舞い戻ってしまう。

隠喩についてのすべての定義に共通している観念は、「一つの言葉を、通常の意味から別の意味に移す」ということです。

（同前一八六頁、傍点―原文）

という鮎川の隠喩解釈は、詩のことばが隠喩のもつ世界創造性に加担する想像力の自在な展開へ向かうものであることまで洞察することなしに、古い修辞的技法の一種としての言い換え論にややもすると逆戻り＝転落してしまうのである。鮎川においては隠喩とはしょせん〈活字の置き換えや神様ごっこ〉（「死んだ男」、『全集Ⅰ』一七頁）にすぎなかったのか。

そのかぎりにおいて、現在の無知な隠喩否定論者が鮎川や『荒地』派の批評や評論に詩の新たな可能性を感じないのもわからないではない。わたしもまた鮎川の隠喩解釈には限界があり、詩の言語の本質を考えていくうえで不十分なものと認定せざるをえない。この詩的言語の本質的な隠喩性の問題については別途に考察する予定なので、ここではくわしくは述べないが、ここでもこれ以上、鮎川の隠喩論をつついてもあまり大きな発見は得られないだろう。それに、《鮎川はある場合には真向から現代詩の諸問題をさばいてみせる形で、現代詩人はいかにあるべきか、いかに信ずべきか、を論じているのだが、鮎川氏自身はいかにあるかということにはほとんどふれたことがないのである》（「鮎川信夫」、『現代詩人論』講談社文芸文庫、二〇〇一年、二六〇頁）と大岡信が厳しく指摘しているように、鮎川の詩論からは鮎川の詩のめざすものが見えてこないところがある。鮎川の詩作行為とその評論、理論の乖離はつとに大岡によって指摘されていることはすでに引用したとおりである（第2章第三節1）。

しかしながら、鮎川の詩論、とりわけ隠喩をめぐる論の一貫性のなさ、不十分性をいくら明らかにしたところで、その詩人として達成した世界の豊かさ、深さ、ことばの魅力といったものはいささかも減ずるものではない。その意味でも、これまで留保してきた鮎川の詩そのものの世界に立ち入っていかなければならない。

## 第二節　鮎川信夫の詩的実践1――〈戦争詩〉

1

たしかに鮎川信夫の詩論は自身の詩をあまり説明していないし、うまく説明することもできていない。すでに書いたように(第3章第二節1)、鮎川には「アメリカ」という長篇詩があり、その最後に「『アメリカ』覚書」という文章が付加されているが、この詩の背景説明をしている最後の部分以外は一般的な詩論となっている。これを読めば「アメリカ」という詩がよくわかるというふうには書けていないが、鮎川の詩を全般的に理解するうえでヒントにならないわけでもない。

詩が如何に精神を定着しようと試みても、言葉は一連の生のヴィジョンをひきつれてひとりで先へ進む。しかし、詩人が一句で躓づけば、その詩全体が動揺を受ける。一語の置きかえは、その詩全体に影響を及ぼす。秩序ある再組織とか定着とか言っても容易な業ではない。それが単に芸術的価値にのみ繋がる問題ならばそれほど大したことではないが、詩人の全存在を左右するすべての価値の問題になってくるのである。ぐらつかない言葉によって存在を満たすこと——おそらく行為の現実から言葉の現実へうつる時に、詩の魔術が働くのである。

（『全集Ⅰ』三八頁）

詩も精神と肉体を一元化する作用を根底に持っているところの有機的な世界である。詩人は思想を存在化し、可視的なものとし、意識的に把握しうるものとする。というよりそうすることによって思想を自分のものにすると言った方が適当かも知れない。詩を書くという特権的状態に於て、あらゆる経験的要素が捲きこまれ、聯想は倍化され、形象は重層化されてゆき、言葉はその全的な作用によって詩人の全存在をつつむ。

（同前三九頁）

ここで鮎川が述べていることで注目すべきなのは、詩のことばが「詩人の全存在を左右するすべての価値の問題」となり、「その全的な作用によって詩人の全存在をつつむ」ことになるという指摘である。詩人のことばはみずからの「思想を存在化し、可視的なものとし、意識的に把握しうるものとする」ばかりでなく、むしろそのことによって「思想を自分のものにする」。逆に言えば、詩人は詩を書くことによって初めてみずからの思想が明確なかたちを与えられることを知るのである。ここで鮎川は不十分ながらも、表現の問題をめぐっての言語論的転回である、ことばと思想の逆転が起こることにすくなくとも気がつきはじめている。そして鮎川はこの認識を詩論においてはこれ以上深めることはなかったが、その書く詩においてみずからの存在についての認識を深めようとしてきたのではなかったか。すくなくとも戦後しばらくのあいだに書かれた鮎川の詩はそうしたみずからの存在認識をめざした、すぐれた傑作をいくつも産み出した。そしてそれは主としてみずからの戦争体験を主題としたもの、さらにはその後の戦後時間における戦争体験の思想化、生きることの不安や疎外感などを基調とした作品群のなかに多く見られるのである。そうしたなかでまず注目しておきたいのは、一連の戦地ものである。

埠頭に人かげはなく
ぼくらの船を迎えるものはなかった
夢にみたフランスの街が
東洋の名もない植民地の海にうかび
カミソリ自殺をとげた若い軍属の
白布につつまれた屍体が
ゆらゆらとハッチから担ぎ出されてゆく
これがぼくらのサイゴンだった
フランスの悩みは
かれら民衆の悩みだったが

ぼくら兵士の苦しみは
ぼくら祖国の苦しみだったろうか
三色旗をつけた巨船のうえにあるものは
戦いにやぶれた国の
かぎりなく澄んだ青空であった

（「サイゴンにて」前半、同前一一三頁）

その海は
とおい沖まで
メコン河の水で濁っていた
一隻の油槽船が
さびれた海水浴場の岸壁にぶつかって
真黒な火煙を吐きつづけていた
あちこちに重油がながれ
爆撃のあとの
よく晴れた五色の空を映していた

（「海上の墓」前半、同前一一一頁）

これらの詩は一九五三年に「遥かなるブイ」「なぜぼくの手が」「神の兵士」とともに『詩と詩論』一号に発表されたものだが、いずれも東南アジアの港の風景を描いている。病を得た帰還兵として日本への帰国途上に立ち寄った港の風景のスケッチだが、戦争で荒廃しあるいは破壊されたアジアの現実が詩に投影されている。だが、それは戦争の現実のたんなる描写ではない。

淋しいブイは
小さな波をうちあげて
不幸な兵士に別れを告げる
いかなる悪魔も
あのブイをとり去ることはできない

ぼくの苦しみも
ぼくの悲しみも
永くとどまることはないだろう
記憶のなかの港には
いつまでもブイが浮んでいるけれど

（「遥かなるブイ」前半、同前一一五頁）

これらはある意味では戦争体験を反芻し、〈記憶のなかの港〉を想起しつつ、一九五三年という時間的距離をとって詩として書かれたわけだが、そのことばはアジアの港や死者のイメージを定着し、ひとつの世界像としてわれわれのまえに提出される。詩はそれ自体として個別の風景や個人の体験や死を超えて存在する、回想と記憶のフィルターを通して書かれたものである。しかしいかに時間が経っても、身近で亡くなっていった兵士たちの苦しみはいつまでもリアリティを失なうことはない。帰国途上でも死者は続出し、苦しみは絶えることはなかったはずである。鮎川の戦争体験詩がそれ以後のかれのどんな詩よりもインパクトがあるのは、極限体験として脳裡に刻みつけられた死にまつわるイメージが詩のことばとして書かれて定着されるまで昇華されたからだろう。

そしてもうひとつ指摘しておかなければならないのは、こうした戦争によって破壊された港風景の空が異様なほど対照的な明るさ、〈かぎりなく澄んだ青空〉〈よく晴れた五色の空〉を見せていたことであり、さらに言えば、戦争に敗れた国（ここではフランス）とはいえ、当時の日本にはない国民的な誇りをもっていることを鮎川が見抜いていることである。フランスの敗北は〈かれら民衆の悩み〉ではあるが、これから帰ろうとする日本には〈ぼくら兵士の苦しみ〉を受け入れることのできる祖国は存在しない、という痛切な思いがある。大義なき戦争に狩り出された兵士たちの苦しみを鮎川も体験したのだが、そうした体験をみずからの存在規定として言語化するには十年という時間が必要だったことになる。親友の詩人、森川義信の戦死をモチーフとする「死んだ男」で戦後をスタートした鮎川だが、つきまとう戦争体験をこうして詩として定着することによって、みずからの体験を思想化し、それとともに鮎川信夫という詩人存在が確立されてゆくことになる。これらの詩を書くことは鮎川にとって「思想を自分のものにする」ことであった。戦争体験の詩を書くことは鮎川にとって既知の経験を反芻することでありながら、戦後の空間にその経験を意味の世界として投げ入れるという自身の存在の危機的な営為であったはずだ。意味はあらかじめ確定していたのではなく、詩行を書き進めることによってそのつど発見されたイメージであり意味であり思想であった。意味とはそこでは戦争体験の固有の意味をひきずっているとはいえ、ことばはその〈戦争〉という人間営為の意味を明らかにし、その詩としての創出をめざして書きつがれねばならなかった。そのエクリチュールの行為そのものがいまだ形成されていなかった意味＝隠喩を創造する行為であったのである。

## 2

鮎川信夫の戦争体験詩はもちろんこれだけにとどまらない。先に引用した「サイゴンにて」「海上の墓」「遥かなるブイ」と同じ『詩と詩論』一号に発表された「神の兵士」は、すでに寄港地を離れ、さらに日本へ向かう帰還船のなかで死んでゆく兵士を主題としたものである。

死んだ兵士を生きかえらせることは
金の縁とりをした本のなかで
神の復活に出会うよりもたやすい
多くの兵士は
いくたびか死に
いくたびか生きかえってきた

(三連略)

一九四四年五月のある夜……
ぼくはひとりの兵士の死に立会った
かれは木の吊床に身を横たえて
高熱に苦しみながら
なかなか死のうとしなかった
青白い記憶の炎につつまれて
母や妹や恋人のためにとめどなく涙を流しつづけた

かれとぼくの間には
もう超えることのできない境があり
ゆれる昼夜燈の暗い光りのかげに
死がやってきてじっと蹲っているのが見えた

戦争を呪いながら
かれは死んでいった
東支那海の夜を走る病院船の一室で
あらゆる神の報酬を拒み
かれは永遠に死んでいった

(一連略)

どこかとおい国では
かれの崇高な死が
金の縁とりをした本のなかに閉じこめられて
そのうえに低い祈りの声と
やさしい女のひとの手がおかれている

（『全集Ⅰ』一一九―一二一頁）

なんと崇高な死であり詩であろうか。大義なき〈戦争を呪いながら〉、つまりは国家への殉死をよしとせず、すでに近代的個人としての志をもちながら無意味な死を死んでゆく、このおそらくは若い兵士の無念をわれわれはいつまでも共有しうるのである。冒頭の〈死んだ兵士を生きかえらせることは／金の縁とりをした本のなかで／神の復活に出会うよりもたやすい／多くの兵士は／いくたびか死に／いくたびか生きかえってきた〉とはどういう意味であろう。聖書の神の復活話などより鮎川の記憶のなかでこの兵士の死の光景は忘れがたく、いつでも蘇らせることができるイメージであったからだろう。この兵士は〈高熱に苦しみながら／なかなか死のうとしなかった〉のであり、この詩のなかでも兵士の死は、死神がやってきて待っている〈〈じっと蹲っている〉〉にもかかわらず、引き延ばされた詩的叙述のなかですこしずつ死へと近づいていく。そして〈永遠に死んでいった〉のである。死は永遠であるにもかかわらず、この兵士の死が永遠の死であるのは鮎川の脳裡に永遠に刻み込むべき事態としてそれが存在したからである。最後の一連はある意味では蛇足のようにも見えるが、この死が（誰のとも言えない）女のひとの慈愛にあふれた手によって封印され、これがいわば宗教的な崇高さをたたえた死であることをていねいに念押しされているのである。鮎川のある種の女性性の現われとも言えるこの念押しは、この詩が鮎川にとって実存論的な特別な意味をもつものであることを示しているのではなかろうか。

3

「神の兵士」がたまたま同じ船で目撃したにちがいない受動的な経験であったにもかかわらず、鮎川に決定的な戦争体験の無意味さを刻印したものだとすれば、その無意味さの存在形式である〈兵士〉という意味をさらに自己意識のうえで決定的に把握したのが一九五五年に書かれた「兵士の歌」である。

穫りいれがすむと
世界はなんと曠野に似てくることか
あちらから昇り　むこうに沈む
無力な太陽のことばで　ぼくにはわかるのだ
こんなふうにおわるのはなにも世界だけではない
死はいそがぬけれども
いまはきみたちの肉と骨がどこまでもすきとおってゆく季節だ
空中の帝国からやってきて
重たい刑罰の砲車をおしながら
血の河をわたっていった兵士たちよ

むかしの愛も　あたらしい日附の憎しみも
みんな忘れる祈りのむなしさで
ぼくははじめから敗れ去っていた兵士のひとりだ
なにものよりも　おのれ自身に擬する銃口を
たいせつにしてきたひとりの兵士だ

（中略）

ぼくのほそい指は
どの方向にでもまげられる関節をもち
安全装置をはずした引金は　ぼくひとりのものであり
どこかの国境を守るためではない
勝利を信じないぼくは……
ながいあいだこの曠野を夢みてきた　それは
絶望も希望も住む場所をもたぬところ
未来や過去がうろつくには
すこしばかり遠いところ　狼の影もないところ
どの首都からもへだたった　どんな地図にもないところだ

ひろい曠野にむかう魂が
……どうして敗北を信ずることができようか

（中略）

ありあまる孤独を
この地平から水平線にむけてひっぱってゆこう
頭上で枯れ枝がうごき　つめたい空気にふれるたびに
榴散弾のようにふりそそぐ淋しさに耐えてゆこう
歌う者のいない咽喉と　主権者のいない胸との
血をはく空洞におちてくる
にんげんの悲しみによごれた夕陽をすてにゆこう
この曠野のはてるまで
……どこまでもぼくは行こう
ぼくの行手ですべての国境がとざされ
弾倉をからにした心のなかまで
きびしい寒さがしみとおり
吐く息のひとつひとつが凍りついても

おお　しかし　どこまでもぼくは行こう
勝利を信じないぼくは　どうして敗北を信ずることができようか
おお　だから　誰もぼくを許そうとするな

（『全集Ⅰ』一八〇―一八三頁）

ここで鮎川は戦後十年を経た日本のなかであらためて自分を兵士として自己規定しなおす。それも〈はじめから敗れ去っていた兵士のひとり〉として、〈勝利を信じないぼくは　どうして敗北を信ずることができようか〉という兵士であることの存在否定、さらには戦うことへの敵対的逃亡者としてみずからを宣告するのである。〈安全装置をはずした引金は　ぼくひとりのものであり／どこかの国境を守るためではない〉とは〈兵士〉としての規定性を認めず、その与えられた武器をみずからのためにのみ役立てようとする。積極的反逆者とまでは言わないが、軍人としては反軍的存在者と言うべきだろう。〈おのれ自身に擬する銃口を／たいせつにしてきたひとりの兵士〉とはいつでもこの反逆を軍の心ならずもの一員である兵士たるみずからにたいしてさえ実行する覚悟をもつ反逆者であろうとすることを意味する。

最後の〈おお　だから　誰もぼくを許そうとするな〉というのは自分を兵士へ追いやった国家への宣戦布告でもあるのだ。戦争を内在的敵対者としてくぐり抜け、戦後十年たってみずからの存在をこのように自己規定する鮎川の強い自我意識はこの詩においてきわまっている。その意味でこの詩は、その緊張した詩行の運び、イメージの鮮烈さにおいて鮎川の最高傑作のひとつであるとともに、これまでの詩人としての歩みを決定的な高さにおいて確証させるものであっただろう。「戦後は終わった」と浮かれる世相のなかで、鮎川はこの詩を書くことによって世界からの孤立を断言し、〈曠野〉から世界へと批評的に相渉ってゆくうえでの定点を確立したと言ってよい。ここにも言うまでもなく、書かれるまではけっして存在しえなかった実存としての〈兵士〉という隠喩が姿を現わしている。〈兵士〉とはここではすでに国家権力の暴力装置の歯車のひとつであるよりも、そうした部分性、非本質性を無効にした単独性として反権力的に屹立しようとする存在のメタファーと化したのだ。

4

この鮎川の〈はじめから敗れ去っていた兵士〉としての自己認識がさらに八年後になると、かなりニヒリスティックなトーンをもつようになる。「戦友」という詩である。

やあ　しばらく
もう忘れたと思っていたよ

二十年か
そんな遠くを見るような眼つきで

おれを見るな　さあ握手

（中略）

小首をかしげ　そしらぬふりをするな
鍵穴や本のあいだにしこたま隠しこんでる狐め
過去でしか会うことのないおれたちだ　何の秘密もあるものか

命令一下でたちまち整列し　黒い銃剣の林をつらね
敵にむかい黙々と出撃し　一夜あければ骨となる
あのきびしさはどこへ行ったか

（中略）

答えられるものなら答えてくれ
真白な花婿の胸をした戦友よ

おれたちがどんなに大きく敗れ　おまえたちがどんなに小さく勝利したか
（中略）
なあ戦友　なぜ黙っている
まっすぐこちらを見ながらおまえは何も見ていない
すべての秩序が眼の高さにあればいいといった
安全への愛　怠惰への退却
妥協の無限の可能性をたよりに
それがおまえの獲得した一切なのか
（中略）
さらばだ　戦友
おれたちが本当に別れるのはこれがはじめてだが　ユダの接吻はいらない
あばよ

（『全集Ⅰ』二〇五―二〇八頁）

見ればわかるように、この「戦友」になると「兵士の歌」に見られるような行間の緊張は稀薄になり、そのぶん世俗的な関係性に没頭する元戦友たちへの辛辣な批判が通俗的なかたちで厳しくなっている。もはやかつての〈戦友〉は〈過去でしか会うことのないおれたち〉になり、現在のそれぞれの生き方のなかに共有できるものはなにひとつない。ともに戦った〈きびしさ〉もどこかへ消え去り、世俗にまみれた元戦友たちにはもはやなにも期待できないむなしさがつきまとう。この詩の背景にはもしかしたらなにか具体的な契機（たとえば戦友会のような集まり）があったのかもしれないが、すでに「兵士の歌」で戦中―戦後の連続性のなかで孤立した単独者としての自己認識を達成してしまっている鮎川にとっては、戦中から戦後への断絶がなかったかのようにして平凡な生活者として生きながらえようとしている元戦友たちとのあいだには現世的にも思想的にも接点となるところはなにもない。こうした世俗的な卑小さ、愚劣さへむけての鮎川の批評的視点はすでに確固としたものがあり、こうした経験が鮎川の孤立をますます深めさせることにもなったのだろう。

鮎川の過去への訣別はここでは決定的だ。おそらくこのあたりで戦争という過去の亡霊からみずからを解放したにちがいない。「神の兵士」に見られた存在の根底からの共感がないかぎり、鮎川は安易な連帯をもとめることは拒否するのである。そこに詩人としての鮎川の矜持があった。

もっとも、一九七六年に発表された「消息」という、やはり戦友との再会をモチーフとした作品にもなると、戦友たちの戦後の生活を確かめあうことでしかなく、こうした厳しい批評性をまったく消失した、きわめて散文的な弛緩した詩でしかなくなる。鮎川の〈戦争〉はやはり「戦友」の時点で完結していたのである。
このことはまた、すこしまえの一九七三年に書かれた「地平線が消えた」という詩にも端的に現われている。

地上には
ぼくを破滅させるものがなくなった

行くところもなければ帰るところもない
戦争もなければ故郷もない
いのちを機械に売りとばして
男の世界は終った

（『全集Ⅰ』二六四頁）

鮎川の〈戦争〉は終わってしまえば、そこからの解放というよりもみずからの詩の終焉を意味するものになりかねなかった。詩を十年やめる、といった詩からの離脱宣言はその意味で鮎川において相当に深刻な詩の危機だったのである。

## 第三節　鮎川信夫の詩的実践2——「繋船ホテルの朝の歌」の倦怠の美学

書かれた時代こそ前後するが、こうした戦争体験をモチーフとした一連の詩が書かれるまえに、鮎川信夫には戦後直後の時間空間のなかにみずからの存在位置を布置し確定しようとする重要な作品がいくつもあった。それらのうち、戦前からのモチーフのつながりをもつ「橋上の人」をはじめ、「死んだ男」や「アメリカ」についてはすでに触れた。そうしたなかで鮎川の代表作とも目される「繋船ホテルの朝の歌」については、論の展開上、これまで触れる機会がなかったが、ここでいよいよ論じておかなければならない。多くのひとによって論じられている作品ではあるが、作品の構造分析をふまえた説得力のある批評は残念ながらあまり見たことがない。

### 1

この作品は四連六十五行からなる抒情詩とも言える側面をもつ。いまからみると、やや甘く切ない抒情に流れている面もあることは否めないが、ともかくこの時代のやるせない気分と書割りのようなイメージの流れが独得のトーンをもっている。ともかく作品をくわしく読んでいこう。

ひどく降りはじめた雨のなかを

おまえはただ遠くへ行こうとしていた
死のガードをもとめて
悲しみの街から遠ざかろうとしていた
おまえの濡れた肩を抱きしめたとき
なまぐさい夜風の街が
おれには港のように思えたのだ

（『全集I』四二頁。一連目一―七行。以下、引用では連数と行数を示す）

冒頭ではやくもこの詩の額縁風景が呈示されている。恋人か愛人同士らしい一組の男と女がいて、（あとで出てくるが）港のどうやら〈繋船ホテル〉と呼ばれる〈安ホテル〉（二連目六行）の窓から夜の街（それも〈悲しみの街〉）を見ている。この風景は四連目のはじめの二行で〈窓の風景は／額縁のなかに嵌めこまれている〉とあらためて書かれているように、この作品の構造が絵画的ないし映像的な構成であることを示している。この点について、たとえば高橋睦郎は松浦寿輝との対談で鮎川についてこんなふうな感想をもらしている。

「ぼくは鮎川さんの詩を読んでいて、そんなにおもしろいだろうかという気がずっとしていた。欧米の映画の一場面を見ているような、ちょっと気恥ずかしい感じ。なんか甘いなと思っていたところがありました」（『現代詩手帖』二〇一五年四月号掲載の鮎川信夫賞記念対談「終末、そしてその後へ」より）と。

なるほどもしかしたら当時のヨーロッパの恋愛映画（たとえばマルセル・カルネの『北ホテル』のような）にはこんな映像を喚起させるものがあったのだろう。「繋船ホテルの朝の歌」がそうしたやや感傷的な映像的特徴をもっていると言うことはできる。

とはいえ、この作品が提示しようとしているのは、こうした書割りのなかに鮎川が当時のみずから感じ考えていた世界全体を封じ込めようとしたことではないだろうか。詩のことばはそのなかでこの世界を内側から情感をこめて塗り直していこうとする。しかもこの安ホテルは、けっして実現することのない脱出という目的を仮構するためにのみあるかのようだ。〈おまえはただ遠くへ行こうとしていた〉〈悲しみの街から遠ざかろうとしていた〉というように、それはこの詩の内在的時間のなかですでに過去形として叙述されるしかないのであるから。

おれはずぶ濡れの悔恨をすてて
とおい航海に出よう
背負い袋のようにおまえをひっかついで
航海に出ようとおもった

（二連目一一〜一四行）

〈おれ〉と〈おまえ〉は男と女の差はあっても気質的には同類であり、なにかしらひきずってきた過去（〈ずぶ濡れの悔恨〉）をすてて〈とおい航海〉すなわち過去をなにも引きずらないですむ未来への志向を夢みている。ここには戦争体験やなにごとかかつて経験したかもしれないさまざまな思いや出来事の記憶をふりきって可能性の未来へ向かいたいという鮎川の願望が投影されているにちがいない。しかし、ここでやはり注意しておきたいのは、この願望がすべて過去形で語られていることである。詩という想像力の詩的現在のなかにあってなおかつ過去形で語られなければならない願望とはすでにして断念された未来であり、それを書かざるをえない詩的エクリチュールにとっては挫折である。

おれたちの夜明けには
疾走する鋼鉄の船が
青い海のなかに二人の運命をうかべているはずであった
ところがおれたちは
何処へも行きはしなかった
安ホテルの窓から
おれは明けがたの街にむかって唾をはいた
疲れた重たい瞼が
灰色の壁のように垂れてきて

おれとおまえのはかない希望と夢を
ガラスの花瓶に閉じこめてしまったのだ

（二連目一〜一一行）

二連目はすでに朝になっている。しかし風景は前夜からいささかも変化するところはない。むしろ明るい世界のなかにこそより明らかになってしまう断絶の深さが見えてくる。ここには戦後の暗い世相のなかで当時の若者たちが味わっていたにちがいない先行きの見えない不安や絶望、そしてかれらの（あるいはとりわけ鮎川自身の）優柔不断や行動へのためらい、むなしい希望が反映されているだろう。そんな自分への嫌悪が窓から唾を吐く行為によっても示唆されている。

折れた埠頭のさきは
花瓶の腐った水のなかで溶けている

（二連目一二〜一三行）

この二行はここまでの部分をみごとに要約している。〈折れた埠頭〉は航海（＝逃亡）すなわち行動することの不可能性を、〈花瓶の腐った水〉は〈おれたち〉の心境（〈おれとおまえのはかない希望と夢〉）を表象しているのである。いまから見れば、なんともやりきれないロマン派的美学のように見えるこの額縁風景そして心象風景は、しかしそれが時代の鏡であることにおいてこの詩がひとつの世界像の明確な提出となっていることをいささかも妨げない。戦後直後の世界とはまさにこんなふうに展開していたのだと思わせる確かなイメージがここには描かれていると言っていいのである。

だが昨日の雨は
いつまでもおれたちのひき裂かれた心と
ほてった肉体のあいだの
空虚なメランコリイの谷間にふりつづいている

（二連目一六〜一九行）

この部分は二連全体の帰結であり、行き着く先の見えないふたりには〈ほてった肉体のあいだの／空虚なメランコリイ〉として結果するむなしい性愛しか残されていない。

おれたちはおれたちの神を
おれたちのベッドのなかで締め殺してしまったのだろうか
おまえはおれの責任について

おれはおまえの責任について考えている
（三連目一〜四行）

ここで〈神〉とは何の謂いだろうか。〈おれたちのベッドのなかで〉簡単に〈締め殺して〉しまえるような〈神〉とはそもそもその名に値するものではないだろう。すでに見た〈はかない希望と夢〉の表象としてあるとしたら、それはもはや希望でも夢でもないことをあらかじめ約束されたものにすぎない。

ひびわれた卵のなかの
なかば熟しかけた未来にむかって
おまえは愚劣な謎をふくんだ微笑を浮べてみせる
おれは憎悪のフォークを突き刺し
ブルジョア的な姦通事件の
あぶらぎった一皿を平げたような顔をする
（三連目九〜一四行）

むなしい性愛の一夜が明けたあとのあまり美しくない男女――〈慢性胃腸病患者〉（三連目五行）

の男と、〈禿鷹風に化粧した小さな顔を／猫背のうえに乗せて〉（三連目六～七行）いる女――の朝の食卓の風景が引用部分だ。いまやお互いに愛もなく冷めきった〈ブルジョア的な姦通〉を演じているだけである。〈背負い袋のようにおまえをひっかついで／航海に出ようとおもった〉思いは一夜明けてみると、ただの腐れ縁でしかなかったふたりの男女の行き先のない運命を暗示している。つまりこの先はもはやないのであって、〈おまえ〉は第四連では登場することさえない。

窓の風景は
額縁のなかに嵌めこまれている

（四連目一～二行）

というふうにこれまでの流れをふたたび額縁風景として見つめなおすことになるが、こんどはこまでの男女の一連の描写さえをも内側に入れ子構造として取り込んだ額縁風景としてであるにすぎない。ここからはまたしても単独者としての孤独な存在が姿を現わすしかないのである。

ああ　おれは雨と街路と夜がほしい
夜にならなければ
この倦怠の街の全景を

うまく抱擁することができないのだ
西と東の二つの大戦のあいだに生れて
恋にも革命にも失敗し
急転直下堕落していったあの
イデオロジストの顰め面を窓からつきだしてみる
（四連目三〜一〇行）

これはもしかしたら鮎川の自画像なのかもしれない。すくなくともこの詩のなかでは行き場のない〈イデオロジスト〉がいるだけである。希望もなければ恋も革命もない。

2

この「繫船ホテルの朝の歌」が発表された約二年後の一九五一年に発表された「裏町にて」（『全集Ⅰ』八〇頁）という詩がある。〈大きな夕暮の環に灯をともして、／町はあたたかい吐息の下にあった。〉と始まる詩の構図は男女ふたりの会話を織り込んでいて、「繫船ホテルの朝の歌」とすこし似ているが、もうすこし突き放した明るさがある。

じめじめした屋根裏では、
生《なま》パンでさえ死の匂いがする。
――生きましょうよ、ねえ、
――おれはおまえをいれる立棺だよ。

（『全集Ⅰ』八一頁）

戦争体験を経て戦後の時空に帰ってきたはずの鮎川は「死んだ男」では〈遺言執行人〉としてみずからを出現させたが、ここでは生きようとする女のための〈立棺〉にすぎないものになろうとしている。もうひとつ例を挙げてみよう。

――あかりをつけて」あなたは言った
広大な淋しさのひろがりに
ぼくは黙って坐っているだけだ

（中略）

ぼくがあなたを信じないように
あなたはぼくを信じようとしない

ふと血の気のうせた顔を見あわせて
ぼくたちは汚れを知らぬ微笑をうかべる
ぼくたちが生れるずっとまえからそこにあった微笑を！

（「淋しき二重」、『全集Ⅰ』七九頁）

ここでも男女がお互いに信ずることができない関係のなかにはほんとうの愛はなく、それぞれの人間は孤独な単独者として生きている。すくなくともそうした生き方を選ばざるをえないところに鮎川の思考は立っており、その点で「繫船ホテルの朝の歌」の男女も同様であることがわかる。こうしてみると「繫船ホテルの朝の歌」のような大がかりな芝居じみた書割りのなかで表出された絶望の深さは、一貫して鮎川の戦後の思考のスタイルになっていて、それが男女関係というミニマムな世界からはじまって、戦後詩全体にたいする関係や、さらには政治状況一般に対応するみずからの態度にいたるまで鮎川の戦後の思考のありかたを一貫してかたちづくっていくことになる。そこにはまわりの世界にたいする思考の柔軟さが失なわれ、〈単独者〉としてのみずからへこだわるだけになっていく鮎川の姿が見られるようになることも指摘しておかなければならない。

たとえば鮎川は「政治嫌いの政治的感想」でこんなことを書いている。

政治問題などに大真面目になればいろいろ腹の立つことも多かろうが、はじめからあきらめているから、何事も一向苦にならない。誰が何と言おうと、絶対にアンガージュしない。デタッチメントで押しとおす。常に非参加の態度を持続する。無責任ではないかと誹られようと構わない。せめてしない自由ぐらいは確保しておきたい。／私は、安保反対運動には参加しなかった。その理由を言わせてもらえば、反対運動に反対だったからにすぎない。

（『全集V』一六頁、傍点─原文）

わたしはこういう鮎川を承認できない。そこでは思考が停止して固着したままだからである。したがってしばしば評価するひとが多い晩年の〈コラムニスト〉鮎川信夫という理解も、戦後直後の鮎川の詩をよく理解しないひとたちの解釈でしかないとわたしは思っている。あえて言えば、右派ジャーナリズムにのせられた仕事であり、高い原稿料など経済的理由もあったにちがいないが、しかしまたその淵源はこうした戦後世界へむけて放たれた鮎川の詩的思考が「繫船ホテルの朝の歌」に代表される高度な達成とともに、すでにそこに萌している思考の限界と固着、倦怠の美学への傾きにあることから必然的に生じたことでもあると断定せざるをえないのである。

## 第四節　鮎川信夫の詩的実践3――早すぎる〈老年〉

しかし、早すぎる晩年において鮎川はしたたかに詩を手放さなかった。〈戦争体験〉と〈戦後思想〉という主要な主題を離れても、鮎川は自身の詩人としての来歴や政治的判断をもとに、ときに中断をはらみながらも、詩を書くことをやめなかった。

さまよい疲れて歩いた道の幾千里
五十年の記憶は闇また闇。

（「宿恋行」末尾、『全集Ⅰ』二六二頁）

偽の革命
愚かな戦争
過ぎてしまえば幻の
半世紀は車窓の景色であった

（「風景論」第三連、同前四一八頁）

ここで〈五十年〉〈半世紀〉と出てくるが、意味はちがう。「宿恋行」は一九七二年発表だから五十二歳のときの作品であり、「風景論」は最後に書いた詩で、一九八二年に発表しているから六十二歳のときのものである。前者は自分の生涯をふりかえっての感慨であり、後者は物心ついてからの経験をふまえているだろう。鮎川の世代感覚からすれば五十歳というのは人生上のひとつの切れ目ではあったろうが、ただいずれにせよ、鮎川のこうした老年意識は早すぎるものである。結果からみれば鮎川の老年＝晩年ということになるだろうが、ふつうではまだそこまで意識することはないはずの年齢でこうした表出がおこなわれていることにむしろ注目すべきだろう。鮎川はもしかしたら実際の死を予感することがあったのかもしれないが（鮎川は医者ぎらいで有名だったし、健康保険にも入っていなかったと言われている）、それにしても、かなり早くから〈死〉についての詩は多い。

生きていくことに怖れを感じていた幼年時代だったら
若くて死に憧れていた母が一緒に死のうと言えば
ぼくは黙ってうなずいたであろう
生きることより死を受入れるほうがずっとたやすかったろう

（「死について」冒頭、同前二八七頁）

昨日よりよき明日は来ないのだから

万巻の書は不治の病いとなり
ぼくたちのライフを蝕み
きみたちの家を破壊にみちびくだろう
せめて最後の呼気だけはきれいに
黙って風に手を振って
よりよき消滅を迎えようではないか

（「廃屋にて」末尾、同前三五三頁）

欲する処にしたがい
欲する時に
欲するように死ぬ

（「切願」冒頭、同前三七八頁）

こうしてみると、鮎川には早くから死への願望があったのかもしれない。戦争へ行くにしても、まわりがあっけにとられるほどあっさりと出陣しているし、〈死〉を怖れる気持ちがもともとあまりなかったと言ってしまえば、話はあまりに簡単になってしまう。しかし、鮎川がしたたかなのはこうした老年意識を人生の敗残者のそれとしてではなく、ひとつの確固たる決意としても提出しているところである。おそらく鮎川にとって戦後を生き抜いてきた年月はダテではなかったから、そうした経験から汲み上げうるモチーフは最後まで詩を書くことの力の源泉たりえたのである。たとえそれがやや散文的になり、詩としては弛緩したものになりがちだったとしても、最後までそれを押し通すしかなかったのではないか。

なにもかも気にくわぬ
機嫌のわるい日は
ことのほか軀の工合がよくない
退屈が死ぬより怖いからといって
横目使いに横這いの
いやな老人になるな
世話をする植木までひねくれる

（「老年について」第一連、同前三八九頁）

文字通り「老年について」の心情吐露の詩であって、〈若さを羨むことはない／老いたる者には智慧があり／日月の長さは悟りだから／すべてを年のせいにするな〉（同前三九〇頁）とも書く鮎川は老年に開き直っている。もちろん、こうした悲憤慷慨の詩はもはや詩としての完成度以前であろうが、主要なモチーフを失なった鮎川にしてみれば、こうした〈死〉や〈老年〉は最後の主題にすぎなかった。鮎川はいまの時代としては早く亡くなったほうだが、詩人としての仕事はすでに完了していたのである。

## 第五節　反現実としての隠喩的世界

### 1

ここまで鮎川信夫の詩を初期から晩年の詩にいたるまで主要と思える作品について検討してきた。必要におうじてその詩論についても確認してきた。しかし、鮎川は敏感な感受性と幅広い教養の持ち主であり、時代状況への臨機応変の対応力には一頭地を抜くものがあったとはいえ、哲学や政治思想などにも造詣の深い体系的な思想家詩人ではなかった。大岡信が言うように、その詩と詩論とは乖離するところも多かった。しかし、わたしはそのことをもって鮎川の詩人としての資質を否定するものではない。むしろ、みずからの詩論を裏切るところ、詩論を乗り超えていってしまうところに鮎川の天性としての詩人を見たいのである。このことに関連して大岡信はこんなふうに書いている。

詩に有償性を求める、と言いながら、鮎川氏は実際には、到達不可能な目標を思い描いていた。無名にして共同なる精神世界を想定すること自体、すでに鮎川氏における「有償性」の概念が、具体的、個別的、部分的なものではなく、無限定な、全体であるところの一世界全部の領有をめざしていたことを意味している。この世界は、しかし純然たる架空のものではなく、現実と等量、等価であって、ただし現実と対立している、ひとつの反世界である。言いかえれば、現実と相接しながら、現実とは逆方向にひろがっている、反現実の世界なのだ。この両者の相接する境界線に立つことができるかぎり、鮎川氏はレアリストとイデアリストの二種類の眼を同時に働らかせつつ、幻滅と希望の同時的な共存を語ることができたのである。

（大岡信『蕩児の家系――日本現代詩の歩み』復刻新版、一五八―一五九頁）

大岡がここで「無限定な、全体であるところの一世界全部の領有をめざしていた」鮎川の世界へのイメージが「現実とは逆方向にひろがっている、反現実の世界」だと言っていることは重要である。そしてその具体例として「繋船ホテルの朝の歌」を分析的に論じていくのだが、たしかにこのスケールの大きな〈額縁〉としてとらえられた「繋船ホテル」の一室というひとつの世界こそ、詩のかたちで提出されたひとつの反世界であり、つまりどこにもない世界、しかし詩という形式においては実現しうるひとつの確固とした言語世界なのである。それは全体としてひとつの巨大な隠喩である世界像、その細部がさまざまなメタファーで組み立てられている世界としての隠喩的世界にほかならない。

そもそも鮎川がこの作品の構想をめぐらせたとき、すでにしてそれをことばの世界として構築しようとして一行目を書きはじめたとき、どこまでその全体構造が透視されていたかはわからない。しかし、港に面した冴えない〈繋船ホテル〉の一室に閉じ込められたあまりぱっとしない一組の男女、という想定ができたところで、鮎川においてはこの巨大な隠喩的世界の構築へむけてすべてのことばが発動しはじめたにちがいない。ことばひとつひとつはそこではなにか別のことばの言い換えでもなければ、特別な意味をもつのでもない。細部の描写に見えるものもこの巨大な隠喩的世界の補強材にすぎない。それは入沢康夫や岩成達也の散文詩の世界が個々のパーツにおいてことばはなにごとかその小世界の細部の部品であるかのように存在を仮構しているのと同じことだ。

詩においてことばはすでにして発語されることにおいて現実世界とは異なる意味を発しているのである。たとえそれが通常では言語的に意味を成さないことばの組合せであったり、そもそも一義的には無意味に見えたりするとしても、ことばが詩という構造のうえで発語されるかぎり、それはすでにして別の世界のうえでのことばであることを選択しているのであり、通常の意味に還元されることを拒否するものなのである。〈反世界〉というひとつの想像空間において、ことばを発すること――詩を書くとはそういう意味の提示以外の何であろうか。そもそも何かを言うために別のことばを使う必要などはない。それを言うためなら、単刀直入に文字通りにそう言えばいいのであって、言い換える必要がどこにあろうか。

詩を書くということはそういう意味で隠喩的世界の構築をめざすということ以外のなにものでもない。わたしが以前に書いたように、「詩とはいわばことばをひとつの全体的な〈喩〉に変える装置」（「構造としての喩――現代詩にとって〈喩〉とはなにか」、『隠喩的思考』一九九三年、思潮社、一〇二頁）なのである。

このことをポール・リクールはもっと専門的見地から述べている。

> 依然として真実であるのは、語義変換が、語のレベルで偏差を指示すること、その語を通して言表が意味を回復することである。しかしこの偏差が、言表全体に関係する意味論的現象の、語への効果にほかならないことを認めるならば、その新しい意味をもつ言表全体をこそ隠喩と呼ぶべきであって、言表全体の意味の変動を語に焦点を絞る、範列的偏差のみを隠喩と呼ぶべきではないのである。（『生きた隠喩』久米博訳、岩波現代選書、一九八四年、一三九ページ）

ことばの言い換え（語義変換）がことばにその偏差を与えることによってことばを活性化させることを隠喩の力のひとつとするとしても、リクールがここで念頭においている「言表全体」こそがその語のレベルでの変換、ずらしの位相をつつみこむようにして全体として詩的言語を構成し、個々のことばを構造化するのである。そのなかでことばのひとつひとつは全体によって新しい意味を生き直しつつ全体を再構成しているということなのである。したがって言うまでもなく、リクールが言う〈生きた隠喩〉とは「言葉を修飾するための単なる文体の文彩をはるかに超えたもの」（同前vページ）であって、ことばの言い換えではもはやない。

もうひとつ挙げておくならば、ハラルド・ヴァインリッヒは「隠喩の意味論」のなかで、《〔詩の場合〕語のどれかが隠喩であるのではなく、文全体が——そしてさらに広くは詩のテクスト全体が——隠喩なのである。（中略）語とコンテクストがいっしょになって隠喩をつくるのである。》（佐々木健一編『創造のレトリック』一九八六年、勁草書房、六三ページ）と述べている。

そのように考えると、すでに引用したように、鮎川の隠喩にたいする基本的な考え方は英米流のことばの代行＝代理理論にすぎず、『荒地』的隠喩というふうに呼ばれる隠喩概念はことばの置き換えレベルであったことはいまでは明らかである。そこには『荒地』的共同世界といった先験的な理念が存在し、詩のことばはそれが本来的にもつ隠喩的世界としての独立性としてではなく、なにかこうした先験的な理念に奉仕するものと狭く理解されていた。そして戦後直後の現実世界の混沌のなかではこうした理念が疑似現実として要請され志向されていたために、あたかも戦後詩的な狭い隠喩性がたんなる言い換えまたは指示性と受けとめられていたのではないかと思う。だからこそいまでもそのような狭い概念にとらわれた不勉強な詩人たちや編集者たちがそこからの脱出を自明の前提にするという、ドン・キホーテ的な錯覚に囚われているのである。詩における換喩性の顕彰などはそもそもカテゴリー・ミステークのひとつにすぎない。いま述べたように、詩においてことばはなにかの言い換えでも、なにかの部分だったりすることがありえないからである。

2

しかし鮎川は、すでに指摘したとおり、その詩論とは別に天性の詩人でもあったから、こうしたたんなる〈活字の置き換え〉ごっことはちがったところで詩としての自立したことばを書けることを直観的に知っていたのである。

一語のための一行が人の心を変え
一行のためのささやかな詩が
光りのむきを変えると思ったこともあった

（「廃屋にて」、『全集Ｉ』三五一頁）

鮎川信夫は一語が一行さらには詩一篇の意味を変えてしまうことをほんとうはよく知っていたわけである。鮎川の戦争体験や戦後直後の世界現実を対象とした詩がその意味で思想的意味の凝縮度が強いのは、ことばが一語ごとに意味の飛躍的転換、拡張、深化、重層化するドラマティックな展開を可能とし、そこにことばの含意性の強度だけでなく、詩的コンテクストもふくめたことばの布置の手際と隠喩の喚起力をつくりだすことを知っていたせいでもあろう。すでに論述した「繋船ホテルの朝の歌」をはじめ「死んだ男」「サイゴンにて」「神の兵士」「兵士の歌」など、ことばの緊張感とリズム、イメージの鮮やかさなど、そのときにしか書けない作品には、いまさらアリストテレスをもちだすのも気が引けるが、「とりわけもっとも重要なのは、比喩をつくる才能をもつことである。これだけは、他人から学ぶことができないものであり、生来の能力を示すしるしにほかならない」(『詩学』松本仁助・岡道男訳、岩波文庫、一九九七年、八七ページ)という詩人の天性の資質がみごとにあらわれている。

## おわりに

さて、ここまでたどりついたところで、鮎川信夫の詩におけるオリジナリティの本質がその発語の(当人の意識をもしかしたら超えていたかもしれない)隠喩の創造力にあったと見ることは間違いのないところであろう。しかし、このことはすべての優れた詩人の発語においてもそれぞれの様式において実現されていることでもある。それらをつぶさに見ていくことは可能であるし、それぞれの詩人論として興味深いことではあるが、それはまた別の課題に属することになる。そしてまた、ことばはすでにして隠喩である、ということばの想像力の、世界を切り拓く力というヴィーコ以来の観念をふまえた解釈をしてみせることも可能ではあるが、これらはより大きなパースペクティヴにおいて新たに論じなおすべき問題として残されており、わたしの次の問題設定として別稿を用意していくつもりである。いまはただこうした最小限の言語認識、言語理解のうえで現代詩、そして具体的には鮎川信夫という詩人の達成した仕事の意味を確認することで十分としなければならない。

それからもうひとつの課題としては、いま述べたこととともかかわりがある問題だが、詩的エクリチュールというものがそれぞれの詩人の詩的構想のうえで何をもって発動するのか、その根拠（根底）とプロセスとを解明したい、ということである。詩を書くモチーフというものが、まだ誰も見せたことのない世界、その世界のイメージと意味の構築をめざすことだとすれば、構造的に隠喩化されている詩のことばの発明こそ詩人が書く根拠とならなければならない。詩を書くということは世界の未知の構造を発見すること、その構造を隠喩として提示することである。「隠喩は現実に関して何か新しいことを語るものである。」（ポール・リクール「聖書的言語における隠喩の役割と機能」、ポール・リクール／エーバーハルト・ユンゲル編『隠喩論——宗教的言語の解釈学』一九八七年、ヨルダン社、九〇ページ）なぜなら、「隠喩は辞書には載っていない」（同前八九ページ）ことを見出すことであるからだ。

それでは詩人はどうしてそうした新しいなにか未知の世界にことばの船を漕ぎだそうとするのか。ここでも引用したリクールをはじめ世界の言語学者、隠喩学者、解釈学者たちは隠喩の構造的解明については多言を費やしているが、わたしにとっていつも不満なのは、こうした理解はつねに後づけのものにすぎないことである。いや、そう言ってはならないかもしれない。ことばが、とりわけ詩においてのことばが隠喩として機能する本質を解明してくれていることは、すくなくとも詩を書こうとする者にとってはおおいに勇気づけられることであり、ことばの本質を明確に意識するうえで貴重なアドバイスにもなっている。しかし、問題はつねにその先にある。ことばの創造力をどのように発動させれば詩になるのか、そのことが明らかになるのは、いつでも詩が書かれたあとだからである。ノーム・チョムスキーも言うように、「言語使用の創造的面に関係する中心的な諸問題は、従来通り手の届かぬままで残っている」（『言語と精神』新装版、一九八〇年、河出書房新社、一五二ページ）ということが事実ならば、詩的隠喩という言語の創造性のもっとも本質的な発見、創意性もいまだ解明されていないということだ。詩とはつねに発見でなければならない。

ことばの問題はそれ自体とてもおもしろいものだが、詩人の仕事はそうしたものをふまえたうえで、さらにその先の未知の世界を探究し、成果をもたらすものであるはずだ。そして詩論という作業になにか意味があるとすれば、それはそうした詩作行為の意識的無意識的な言語行為に併走し、強い要請として働きかけうるインパクトをもたらす欲望にほかならないことである。

# [付論1] イデオロジスト鮎川信夫の近代(*1)

この一文を書くためにひさびさに鮎川信夫の散文を、それも本巻に収録されることになっている自伝的な文章を中心にまとめて読みかえした。みずからの幼少年時代とそれをとりまく個人的な生活世界や時代環境、さらに戦前・戦中期にあたる学生時代の若き詩人たちとの交流、そしてその後の『荒地』への展開およびその詩人たちへの回顧といったものがそれらの中身を構成している。

現時点であらためて読むと、鮎川信夫の文章はこんなにも率直でわかりやすいものだったかというほど明快なものである。この巻には収録されていないが、『一人のオフィス』などの社会時評的なものでは、鮎川の思考のありかたがまことに偏見にとらわれることのすくない、いかに時代の本質に深く根ざしたものであったかが首肯できるのである。もちろんそこには、鮎川の死後、

（＊1）本論は『全集VII』の解説として書かれた。

現在までのあいだにつぎつぎとあらわれてきた時代変化の激しさによって反証されてしまった予測もないではないが、総じて鮎川信夫の時代診断はたんなる時代表層や常識という名の臆見にとらわれていない分だけ正確だったとみることができる。そしてそうした正確さは一面ではシニカルな観察眼と歯に衣着せぬ論断の明快さと表裏一体のものでもあって、みずからの個人的境遇や同時代の詩人たちの営為などへむけられる観察の鋭さにおいて情報価値の高い記述となっている。

かつて『荒地』の仲間だった三好豊一郎は鮎川信夫についてこんな証言を残している。

ともかくも鮎川はよく観察している。彼は酒をのまずに酒席にいて、終りまでつき合い倦むことなく冷静に見ているのに私は驚く。（中略）鮎川は観察者として、自意識の小競りあいや酔態や、時に短い口論から咄嗟に殴り合いに転ずる青春のはけ口に同調しつつも局外にいて、自分の気分のなかにしかいない酔態者とは違って、総括的に青春を観察していたのだった。

（『鮎川信夫著作集8』「編集ノート」）

鮎川信夫はかつて大岡信のことを「理解魔」と呼び、「善良なデーモンが苦手だ」と語ったことがある（「戯言風に――大岡信について」、『すこぶる愉快な絶望』）。なにごとをも理解しようとする大岡信の資質をひたすら観察することによってこそこのレッテルが見出されたのであって、この伝で言えば、鮎川を「観察魔」と呼んでもまずさしつかえあるまい。

## 1　イデオロジスト鮎川信夫の誕生

鮎川信夫の自伝的文章を読むと、こうした観察魔としての鮎川の資質はたぶんに幼少のころからのものであって、そこに家庭環境や戦争体験などが加味されてできあがったものだということがわかる。一般に戦争の死者、とくに森川義信に代表される同世代詩人たちの遺言執行人と自己規定して戦後に立ち現われたかたちになっている鮎川の対他身体的な主体イメージとはむしろちがって、積極的に自分を定立しない人間として、ただし時代通念や既成のイデオロギー（とりわけマルクス主義や宗教）にたいしては徹底的に懐疑的であろうとした鮎川信夫がそこにいるのである。政治的には保守でありながら、頑固なまでにリベラルな思想の持ち主として鮎川は最後までそのポジションを守り通したと言ってよいが、そこには時代をラディカルに観察するデーモンがいたのである。

鮎川が自分の祖父との関係について触れている「祖父のなかにあったもの」（『厭世』所収）という文章がなかなか興味深い。この祖父は福井県の現・大野市で小学校の校長をやっていたような世間的にはひとかどの人物だが、養子ということもあって日ごろなにを考えているのかわからないような、おとなしい人物として描かれている。その祖父に子供時代の鮎川はずいぶん遊んでもらったが、にもかかわらず祖父はあまり親愛感や嫌悪感もわかない無色の、存在感のうすい人物なのである。しかし鮎川によれば、この祖父といっしょにいるときの「不思議な安らぎ」は空気のようなものと感得されたらしい。それには鮎川にたいして不満だらけの、日常的にうるさい葛藤の関係にある父親との対比において、この祖父への独特の同質性が感じられるのである。鮎川が最終的に理解した祖父とは「愛憎によって人を選ばない人」だというのであり、「気味のわるいことに、祖父の資質がかなり私に隔世遺伝している」ということであった。鮎川の言を信ずれば、こうした資質の遺伝や家庭環境というものが、なにものにも一途に荷担することのない鮎川の資質の根底になんらかの影を落としていたことは否定できない。もちろんこれは不偏不党とか政治的中立といった消極的な姿勢とはまったくちがう、リベラリズムを徹底していったさきに見出される断固たる保守性という後年の鮎川の精神のありかたへとつながっていく。

もともと私は詩人や詩論家になるような質の人間だったのだろうか、と時々訝しく思うことがある。genuine な存在としての自分自身を疑っているのである。戦前の中桐、戦中の三好豊一郎、戦後の田村隆一、この三人の友人がいなかったら、少くとも私は同時代の詩にそれほど深入りすることはなかったであろう。（「詩的青春が遺したもの」、『全集VII』二一三頁）

鮎川信夫がこのように書くことにおそらく誇張はない。にもかかわらず、鮎川がしだいに後年の『荒地』につながる新しい現代詩、すなわち戦後詩の理論的主導者として立ち現われてくるのは、いくらかの偶然や強制がはたらいたにせよ、こうした頑固なまでのリベラリストとしての眼がもつ戦後世界へのラディカルな透視力によっていたからである。そこにはいかなる先験的なイデオロギーによっても、たんなるノスタルジーやオブセッションによっても不可能な、戦後世界のなかでの詩的なるものの再生のヴィジョンが必要であり、それなくしてはたちまち瓦解してしまうような脆弱な詩しかもたらすことはできなかったはずである。もちろんこれには、第一次世界大戦後のヨーロッパ世界を現代の〈荒地〉とみなしたT・S・エリオットの世界認識を戦後日本の現実にあてはまるものとみなしえた鮎川の的確な状況認識が理論上の決定的な主導的役割を果たしたことは誰にも否定できない。その意味ではその後の〈戦後詩〉とは、端的に言って、鮎川信夫が設定した認識構造にもとづいた特異な詩の運動の流れなのだったと言ってよい。

昨今あらたに提起された戦後詩の発端をめぐる論争は、鮎川信夫に起源をもつ戦後詩とは別の詩の可能性がありえたのかありえなかったのかという問題提起である。その可能性を吉岡実にもとめようと、ほかの誰かにもとめようと、問題は、鮎川信夫がしめした現代は荒地であるという強力な措定力のあるモチーフに替わる決定的なイメージを提起することができたかどうか、なのである。その意味で〈荒地〉という詩的イデオロギーが戦後の詩的世界を制覇したという認識は基本的に変更の余地がない。鮎川信夫はひとりの詩人としてではなく、むしろひろい意味での戦後詩のイデオローグとして戦後の詩的パラダイムを決定したのであり、吉岡実は伏流ともいうべき存在にすぎなかった。しかしほんとうにそうかどうかは、じつは今後の現代詩の展開のなかでたえず問い返されるべき問題であることも事実である。詩史とは書き換え可能な解釈共同体だからであって、認識構造が変わればまったくちがう詩史の見取り図が描ける可能性がひそんでいるのである。ただしその場合でも、なんらかの発端があればかならずその帰結があるというかたちで論証がなされねばならないのは言うまでもない。そうでなければ議論は不毛の思いつきにとどまることになろう。

それはさておき、こうした戦後詩のイデオロギストとしての鮎川信夫はどのような経緯を経て存在するにいたったのだろうか。鮎川自身によれば、「第二次大戦前夜の何かにせかされているような混沌とした若い世代の文学的状況のなかから、全く偶然的に〈私〉という現代詩の一イデオロジストが誕生し」（『全集VII』二一四頁）したということだが、そのきっかけとなったのは、当時『LE BAL』の編集者であった中桐雅夫に見込まれて「覚書」という「私にとっては、詩論らしき体裁をととのえた最初の文章」をその十九輯に発表したときである。ともかく「戦前における『LUNA』の運動、戦後における『荒地』の運動のイデオローグとしての〈私〉が誕生したのは、このときから」（『全集VII』二一一頁、傍点—原文）なのである。このあたりのことを鮎川のことばでさらに確認しておこう。

> どちらにしても、見込まれた私にしてみれば相当に張切っていたことは確かで、〈幻影〉に突進する小ドン・キホーテのように現代詩の荒野に向って遮二無二走り出すことになるのである。／それまでの私は、一種の文学青年にはちがいなかったが、何をやろうとしているの

か自分でもよくわからない、きわめてあいまいな存在であった。／そのあいまいさは、極度に内面的なものであったが、外にあらわれた行動をとってみても、たとえば仲間からはリリシストと思われていたのに『新領土』に加盟したり、東京ルナ・クラブに熱を入れながら、小説家や批評家の卵と『荒地』を創刊したりしているところにもあらわれていて、多分にぬえ的な人間に見えたろうと思うのである。
（同前二一二頁、傍点―原文）

当時のぬえ的存在としての鮎川信夫とは、当人の自伝的な文章が公表されているいまとなってはいささか納得しにくいようにも思えるが、これらの文章は鮎川にしてなおみずからの生き方や詩の方向性を見出すのに明確なヴィジョンをもちえていなかったことを示している。無理もない、このとき鮎川信夫はまだ二十代そこそこの若者にすぎなかったのであるから。してみると、「繋船ホテルの朝の歌」の

西と東の二つの大戦のあいだに生れて
恋にも革命にも失敗し
急転直下堕落していったあの
イデオロジストの顰め面を窓からつきだしてみる

（『全集Ⅰ』四五頁）

というあまりにも有名な一節にあらわれてくる「イデオロジスト」とはやはり鮎川信夫自身の自虐的なカリカチュアなのであろう。この作品は『詩学』一九四九年十月号に発表されており、この日付からわかることはこの時点において鮎川は「『荒地』の運動のイデオローグとしての〈私〉」という後年の自己規定をすでに自覚的に採用していることになる。おそらくそう判断して間違いないだろう。

## 2　森川義信という鏡

鮎川信夫にとって同世代の詩人であり、戦死した森川義信の存在ほど大きなものはなかった。戦後詩の記念碑的出発とされている「死んだ男」の「M」は確実に森川を指しているし、鮎川が戦死者の遺言執行人として戦後世界に生きていこうとしたそのモチーフの先には確実に森川義信の存在がある。わたしには鮎川のなかに森川にたいするかすかな恋愛感情のようなものさえ感じられるほど、鮎川の森川にたいする思い入れは尋常な男の友情や真情を超えている。これがこの時代に生きた者にしかわからない、生きるか死ぬかの問題を身近に引き受けざるをえなかった世代の感情なのかもしれないとしても、である。

森川や牧野〔虚太郎〕は、詩人として、最初からじつにまじり気のない存在であった。それゆえにこそ、その短かい生涯においても、小さいながら完成品といえる詩を残すことができたのだと思う。

（「詩的青春が遺したもの」、『全集VII』二一二頁、傍点―原文）

牧野虚太郎はともかく、ここで鮎川は森川義信の詩人としての力量を最高レベルに評価している。《私は「勾配」を読んで、はじめて私たちのための詩を発見したという喜びで心が高鳴ったのを、今でも忘れることができない》（「詩的青春が遺したもの」、同前二六一頁、傍点―原文）とも鮎川は書いている。詩「勾配」の冒頭の二行〈非望のきわみ／非望のいのち〉がしばらくかれら仲間の合言葉になったとのことだから、森川義信の評価が仲間内では決定的だったことも紛れもない事実であろう。しかしそれにしても鮎川の森川への関係のしかたにはなにか一筋縄ではいかないものがある。なぜなら森川の戦死とそれを伝える情報のなかに鮎川のうちにおいても釈然としないものが残っていたからである。つまり地方の良家の御曹司として当然避けようとすれば避けられる無意味な死を森川はあえて選んでいるように鮎川には思えたからである。

その謎がついに解かれたのが、一九八二年に連載され、その年のうちにあらたに一章が書き下ろしで追加されて単行本化された『失われた街』においてである。最後に追加された第七章に「この稿を書き終えることで、私は、一応、永遠の胸のつかえをおろしたと言えるかもしれない」

と付記することによって鮎川はみずからの内なる〈森川義信問題〉に決着をつけたのだろう。鮎川と森川のあいだにひとりの女性詩人Tが介在し、そこにすくなくとも森川にとっては破滅的な三角関係があったことを明らかにしたからである。しかも森川のTへの失恋の内容を状況証拠的に示すことによって森川の戦死にかんする不明を心理的に解決することができたのである。(*2)

委細は本文に譲るが、ここで問題なのは、どうして鮎川がここまで細部にわたってみずからの内なる〈森川義信問題〉を解明する必要があったのかということである。このこだわりのありかたが逆にいっそう謎を深めるとも言えるが、それはまたこの失恋でひとりの男性として深く傷ついた森川への、鮎川の側からの得も言えぬ罪障感の現われとも見ることができる。もちろん、実際の話が鮎川の記述通りであったとすれば、鮎川にはどうにも介入しようのなかった男と女の関係性の問題であったと言うしかない。すくなくとも「詩的青春が遺したもの」を書いた時点ではまったく不明のまま素通りしてしまった、森川の一定期間の帰郷と突然の上京、詩集の上梓の途中放棄、そして無謀な戦死という一連の謎が、森川のTへの失恋という照明を与えられることによって一挙に氷解するというドラマチックな結末をみせるというミステリーにもなっている。こうした個人的な交友関係上のちょっとした相互理解の欠落がそれぞれの詩人の仕事や生死にまで深くかかわることがありうる、というとてつもないドラマが『失われた街』には示されている。その意味でも森川義信という存在は鮎川の世代の詩的青春の象徴であると同時に、鮎川信夫個人にとってもみずからの生涯を映してみせる鏡のような存在なのではなかったかと思えるのである。

## 3 近代への志向

ともかくこうして戦後詩の詩的青春の全貌がすこしずつ明らかになるにつれ、鮎川信夫をはじめとする詩人群像のそれぞれの微妙なかかわりもまた見えてくる。鮎川のような観察魔にして、忌憚のない詩史的記述を残す者の身近にいた者こそいい面の皮である。微妙な年齢差による関係性のズレもあろうが、鮎川の記述の対象には大きな偏りがあることは森川義信にかんする記述の量と他の者にかんするそれとの歴然たる差を見れば誰でもすぐ気がつくだろう。これもまた鮎川の評価のしかたなのだから当然でもあるのだが、それにしてもたとえば中桐雅夫や三好豊一郎にかんする記述は辛辣である。

中桐との最後の別れが何が原因かは不明のままだが、突然「もう来れないから」と宣告して出てきてしまう鮎川を追って自宅の前まで出てくる亡霊のような中桐のイメージはどこか決定的な残像を与える。また、死んだ中桐雅夫の顔を見せたがらない奥さんの目を盗んで死顔にかかった白布を剝いで覗いた三好豊一郎について、「細密画の名手だから、単なる好奇心以上の何かがあったにちがいないが、油断がならない男である。しかし、三好より先に死んだのが、中桐の運のつきだった」（「『美酒すこし』解説」、同前四四四頁）と半分冗談のように書く。鮎川だって油断がならな

（＊2）このあたりの詳細は第1章第三節「森川義信という鏡像」を参照。本書五三頁以下。

い男なのに、だ。

それにしてもこんなふうに書けるのは若いときからの長くて深い関係の持続があるからこそである。これもまたすこしサビの利きすぎた関係性のありかたなのにちがいない。

ところで、鮎川は「『若い荒地』と私」のなかでこの詩的青春の時代についてこんなふうに書いている。


大部分が学生であり、数年後には徴兵検査が待ちかまえており、そこからさきはどうなるか分ったものではなかったから、私たちにはマス・コミの動向も、詩壇の傾向も大して問題ではなく、したがってこの世で何らかの地位を得ようという考えもなく、われわれは世に逆ってひたすら過剰なまでに近代性を要求し、詩を書くことによって一切を超越しようとしていた。

（『全集Ⅶ』二七九頁）

過剰なまでの近代への志向——これこそ鮎川信夫や『荒地』の詩人たちがめざしていたことである。そこでは個人と個人の関係も徹底的に近代的な性質をもつものとして追求される。辛辣さもまたそこでは必要な趣味となり、都市的な感性もまた身につけるべき近代性のあかしのひとつになる。「詩的青春が遺したもの」のなかに三好豊一郎がある合評会で突然、田村隆一を名指しで批判する話が紹介されている。それにたいして田村は、「いままで、八王子くんだりのどん百姓だとばかり、かるく鼻であしらっていたのが大きな間違いであった。それにもせよ、髪の毛の薄い、いかにも鈍重そうな、ロクロク人と喋れないような男から、『スマートにやってもらいたい』などと注文をつけられては、それこそ立つ瀬がないではないか！」（『若い荒地』「三好豊一郎の禿頭」、『詩と批評D』五五頁）と書いてしまう。なんとまあ、小気味よい意趣返しではないか。田村もこのとき十六歳、生意気盛りの都市型詩人なのであった。こうした辛辣さと激しさ、これもまた鮎川信夫の本領でもあった。だからこそこのエピソードを鮎川は自分たちの詩的青春のありようの好例として引用しているのである。

## 4　隠された私生活

こんなことに触れているうちに紙幅がなくなってしまった。どうしても最後にわずかでも触れておかねばならないことがある。つまり、鮎川信夫が最後まで触れることのなかった問題、つまりみずからの私生活の問題である。(＊3)

すでによく知られているように、鮎川信夫には生前、隠れた妻がいた。詩「Who I Am」での

（＊3）このあたりの詳細は第1章第四節「鮎川信夫と〈女性〉たち」を参照。本書六八頁以下。

〈世上がたりに打明ければ／一緒に寝た女の数は／記憶にあるものだけで百六十人／千人斬りとか五千人枕とかにくらべたら／ものの数ではないかもしれないが／一体一体に入魂の秘術をつくしてきたのだ〉（『全集I』三〇二頁）などと悪びれもせずに書いてしまう鮎川のことだから、どのような男女間の因習的な道徳観からも制度的な固着にすぎない婚姻関係などからも自由であろうとしたはずである。こうした露悪的な詩をあえて書こうとしたところにこそ鮎川の反骨的とも言える近代精神の現われを見るべきだろう。ちなみに、この「寝た女」を鮎川のそれまでに書いてきた詩作品の隠喩であるとする牟礼慶子のような微温的な解釈も存在するが、そんなふうにクサイものにはフタ式の解釈をしたのでは鮎川の悪意ある挑発を台なしにしてしまう。それでは詩人としての鮎川信夫を平板化することにはなっても擁護したことにはならないのである。（＊4）

いずれにせよ、そうした都市的な近代意識の究極とも言える悪意ある辛辣さをかかえこんでいた鮎川信夫のような単独者にあっては、たとえ内縁関係であっても、特定の女性と長年にわたり家庭らしきものを営むというような世俗的なかかわりはひとに知られたくないものだったにちがいない。あるいはそれも森川義信との熱っぽい関係や、なにやら謎めいた三角関係やら、また母へのマザー・コンプレックス的な関係やらもふくめて、鮎川のなかに世人のうかがい知れぬ屈折があったというのはうなずける。あるいは「私には、他人の生活とか運命に対して、しょせん人は傍観者であるほかはないのだという、それ自体は別に変ってもいない考えを、ただ人よりも多少強く意識することがあって、それが、人を距てる見えない障壁のようなものをつくり出すことがあるらしい」（『厭世』「ある邂逅」、『全集Ⅶ』一〇六頁）というような近代人の倦怠もまた鮎川の心情の奥深くにあるだろう。とにかくこれほど仔細に自分の個人的境遇や同世代の詩人たちについて自伝的な文章をものした鮎川の書くもののなかでほとんど完璧に隠れた妻の痕跡を消していること、これはどう考えても異常である。鮎川信夫の体現しようとした近代性とは、こうして大きな深淵をその中心にかかえていたのであって、それが鮎川の個人的事情に問題があったとしても、鮎川の世代に固有の近代のアポリアでもあることに変わりはない。戦後日本の近代化を詩において象徴的に体現せざるをえなかった鮎川信夫にとって、近代とはいったい何だったのか。詩にとっての近代とは何か。その近代性の内実をめぐってあらためて問われるべき課題がどこにあるかを鮎川信夫という詩人の存在は指し示している。(＊5)

（＊4）牟礼慶子の評価は本文のほうではすこし好意的になっている。
（＊5）このあたりの詳細は第3章「鮎川信夫と近代」を参照。本書一一一頁以下。

## ［付論2］〈モダン〉の思想的極限——最後の鮎川信夫(＊1)

鮎川信夫が亡くなった、というニュースを朝の寝床のなかで聞かされたとき、あまりの突然さのゆえもあってか、しばらく考えもまとまらずにいたように思う。その死を伝える朝刊記事は何度も何度も目を通した。しばらくして感じたことは、これは大変なことになったぞ、という気持ちと、どうやら〈戦後詩〉という大きな流れもこれで名実ともに終りだな、という印象であった。どのように評価し位置づけしていくにせよ、鮎川信夫が〈戦後詩〉のシンボル的存在であったことは誰にも否定できまい。そしてはっきり言っておかなければならないことは、鮎川の死にあたって、その詩的業績を性急に整理し総括するのではなく、鮎川信夫という存在自体が詩という表現ジャンルにたいして投げかけた問いの数々を、われわれ自身の問題としてもっとも根源的なところで問いなおす方法と論理を構築することこそがもとめられねばならないということである。本稿はそうした方向へむけてのとりあえずの試みである。

＊

鮎川信夫の詩的精神のありようをトータルにとらえてみようとするとき、わたしには、ことばの歴史的な意味における同時に精神的な意味における〈モダン〉という概念を考えるのが妥当であると思わずにいられない。このあたりのことは別稿「〈戦後詩〉の発端」(＊2)のなかで述べたので繰り返さないが、日本近代の歴史総体、あるいは近代詩史の流れだけにかぎってみても、真の意味での〈モダン〉を体現しえた人物はそれまで存在しなかったと言っていい。むろん個々の突出した精神は現われたけれども、時代総体がいぜんとして〈プレ・モダン〉の社会経済構成のもとにあり、詩人がそれによって内的に規定された意識構造に支配されているかぎりにおいて、〈モダン〉を実質化しうるチャンスはまだ熟していなかったと言うべきだからである。このチャンスは敗戦という外的契機とともにやってきたのであるが、むろんそれだけではたんに客観情勢が好転したというにすぎない。そこにこうした有利な条件を自己実現のために利用しうる主体が

---

(＊1) 本論は鮎川信夫が亡くなってまもなく刊行された『現代詩読本　さよなら鮎川信夫』(一九八六年、思潮社)のために書いたものである。拙論集『隠喩的思考』(一九九三年、思潮社)に収録したが、本書にも再録する。

(＊2) これも本論とほぼ同じころに『現代詩読本　現代詩の展望』一九八六年、思潮社、のために書いたものだが、同様に『隠喩的思考』に収録。

介在しなければならないからである。そしてここに鮎川信夫や『荒地』の仲間たちの存在理由があった。かれらこそ、そしてかれらのみが戦前のモダニズム詩運動の経験と知識を媒介して、戦後という現実のなかにほとんど初めて〈モダン〉な文学空間を創出しえたのである。このことは、たとえば小説や短歌、俳句の世界とくらべてみれば一目瞭然のように思われる。それらのジャンルでは技法からいっても表現意識からいっても、戦前・戦中と戦後を明確に切断する展開点を見出すことがむずかしいのである。

これらとくらべたとき、鮎川信夫と『荒地』の詩人たちの独自性と優位性は歴然としている。かれらは冷厳な現実をまえにみずからの立つべき現実的位相の自覚にはじまって、拠るべき原理的視角と表現方法の獲得に全力を傾けることによって、みずからの出自たるモダニズムを否定的媒介にしながらまず自己を変革することに成功したのである。この自己変革はかれらのそれぞれによってヴァリエーションはあるけれども、総じて時代現実の奥深い変容の質に対応したものであった。たとえば鮎川信夫がとった方法は、時代の現実を〈荒地〉として把握しながら、そこに状況的に浮沈する現象にたいしてシニカルな眼差しをむけることであった。この方法はある意味できわめて反日本的である。日本人特有のウェットな心性から切れたところで作動するこのような眼差し自体、なかなか獲得することのむずかしいものであって、鮎川の天性のものであったとも言うべきかもしれない。そう考えると、戦後の詩のはじまりには偶然的要素が多分に働いていたことは否めないことになってしまうが、ただここで確認しておきたいのは、鮎川のモダニティの堅固さである。おそらく鮎川はどのような時代にあったとしても、精神としての〈モダン〉をどこかで噴出させていたにちがいないからである。鮎川にあっては敗戦という現実が偶然そこにあったというよりも、その現実を引き寄せるようにしてみずからのモダニティを実現したというべきなのだ。そこに鮎川の自己変革の必然と力強さがあったし、その必然の力は戦後的現実がどんどん消失していくのとかかわりなく最後まで持続的な力を貫徹することができたのである。

このモダニティの持続にはおそるべきものがある。通常は年齢を重ねるにしたがって時代感覚は退行していくのに反し、鮎川信夫は依怙地なまでにこのモダニティをまもり通した。それがあるときには、昨今のポスト・モダン社会状況にたいしてかたくななまでの批判者としてたちあらわれ、あたかも反動的とさえ思えるような言辞となってしまうことがあったのである。しかしそのように見えてしまうことこそが逆説的に鮎川のモダニティを証明していたということができるとすれば、コトはそう単純ではない。鮎川は、現代の日本においても稀有の〈モダン〉精神であり、晩年においてはそのモダニティが文明批評ないし時評という形式のもとに威力を発揮していた。鮎川の長年にわたって鍛えこんできたモダニティが他者の追随を許さぬ密度と的確な判断力をもっていたのは考えてみれば当然であったかもしれない。(＊3)

しかしながらこのことは一方において〈モダン〉であることの宿命ないし限界を意味するもの

（＊3）晩年の鮎川の文明批評にかんしては本文ではかなり懐疑的な診断を下している。本書二〇四—二〇五頁。

でもあった。さきほどポスト・モダン社会状況への反動的とも言える批判がたびたび鮎川信夫から発せられていたことについて触れたが、たしかに鮎川のように骨の髄まで〈モダン〉である人間にとっては、〈ポスト・モダン〉なるわけのわからぬ状況は、〈プレ・モダン〉の馬鹿らしいほど愚直な明瞭さと同様、無批判的に放っておくことのできない対象であったにちがいない。すこしまえの浅田彰現象について鮎川が批判する場合など、批判すべきところは明晰に指摘されていながら、どこか視点が違うなと感じさせられたのは、おそらく〈ポスト・モダン〉状況なるものをすべて〈モダン〉の文脈で読み取ろうとする戦略がみえすぎていたからかもしれない。つまりそこでは、生起する新しい現象もすでに過去の事実のうちにその先例をさがすことのできるものにすぎない、という先見が働きすぎているのである。これが〈モダン〉という歴史的・精神的位相が本質的に孕んでいる限界であるとすれば、鮎川信夫をもってしてもこれを克服することは不可能だったことになる。

そしてなによりもこの限界線を浮き立たせてみせたのは、昨年（一九八五年）の吉本隆明との対談「全否定の原理と倫理」（のち同題の対談集に収録）での、吉本とのあいだにのぞかせた深い思想的亀裂であった。

この対談は吉本が埴谷雄高と『海燕』誌上でたたかわせた論争についての鮎川信夫の感想からはじまっていて、二人の対談の定型とも言うべき、吉本の近業にたいする鮎川の評価というスタイルをとっている。このなかでひとつ注目するべきものがあるとすれば、吉本が埴谷の批判をすでに解決のついたものとみなし、半分しか感応することができないとし、半分は醒めた意識でこの論争にかかわった、と述べている点である。たしかに、埴谷・吉本論争において吉本のほうが余裕をもってのぞんでいることは明らかにみてとれるが、この余裕は吉本が現在の高度資本主義社会の世界史的状況にたいする考察を、埴谷のように古典左翼の図式と倫理観にわずらわされずに展開してきたことの自負によっていると思われる。言い換えれば、吉本は〈ポスト・モダン〉の眼差しで埴谷雄高のヘタをすれば〈プレ・モダン〉とも思える論理を見ていたのだ。だからはじめから勝負はついていたのである。

ここで見ていきたいのは、この先の問題である。この対談が思わぬ展開を見せるのは、吉本隆明が鮎川信夫の三浦（和義によるロス疑惑）事件への反応に異議を提出するところからである。

それこそぼくが戦争体験から原則的に学んだところではね、つまり、本当に鮎川さんが目で確かめ、手触りで確かめ、書類で確かめた上で、これは確実だということがない限りは、人は人を犯罪者として否定してはいけないんだというのがぼくの原則の中にあるんですよ。仮りにその人が非常に確からしく犯罪者であったとしても、犯罪者であることはその人の死命を制することですから、これはもう本当に確かめてでなければそれを断定してもいけないし、また疑念を持ってもいけないと思うのですよ。

（『全否定の原理と倫理』一六四―一六五頁）

吉本はこんなふうに切り出しているが、これにたいして鮎川信夫はつぎのように答えている。

だから、変な言い方かもしれないけれど、確証よりは、ぼくは人ってものを見なけりゃいけないと思うの。（中略）人間にはどうにも隠せないものがあるでしょう。だから、こいつは人を殺した奴だなってことが確証がなくたってわかる場合があるの。（同前一六五―一六六頁）

吉本はそれを「確証主義の裏返しの一種の心証主義」（同前一六六頁）と批判し、このあたりをさかいに両者のあいだでかなり激しいやりとりがはじまっていく。吉本にとってはみずからの〈大衆の原像〉という理念の生死が賭けられているように感じられていたにちがいなく、いつも鮎川信夫にたいするときのいくらか遠慮を感じさせる態度とちがい、ここではかなりきびしい口調でしつこいぐらいに鮎川の批判をおこなっている。この頑強なまでの異論の立てかたは従来の二人の関係から言えば異常と言ってもいいほどである。鮎川はこの吉本の攻勢にたいして、いくらかとまどいがちに二人の人間が殺されていることの重要さを二度にわたって言及しているが、どことなく鮎川らしくない人情をもちだしている感がある。ここで二人の人間が殺されていると言いたてることは、三浦事件を追うジャーナリズムのやりかたを問う論理とは本質的に無関係でなければならない。それは事件のきっかけであるにすぎず、〈三浦現象〉が全体としてひとつの〈ポスト・モダン〉的事件であって、今日の情報社会においてひとつの情報がつぎつぎと新しい情報のシークェンスを生み出す必然をもってしまっていることの象徴であるにすぎないからである。ここで鮎川信夫がとっている観点は、徹底して〈モダン〉であろうとする意識が〈ポスト・モダン〉的なるものにたいしたときのとまどいであり、これまでの明晰な論理をもってしても了解することのできない現象にたいする言いしれぬ苛立ちではないか、と思える。そこに〈モダン〉と〈ポスト・モダン〉の境界があり、鮎川信夫のモダニティはこの境界を越えることを納得しなかったのだ。すなわち、そこに〈モダン〉の思想的極限が見えている、と言ってもよいのである。

その意味で言えば、吉本隆明のほうがこの境界を越えたところに位置していることは明らかで、すくなくとも〈三浦現象〉にたいしても性急な判断をせず論理化を保留しているところがあって、なるほど〈重層的な非決定〉という方法はここでも貫かれている。先にもち越さねばならないものはもち越すというのはひとつの論理の選択だからである。

そしてこの方法こそ、吉本がどう考えようと、〈ポスト・モダン〉の思考と同じ性質のものであるように思われるのだ。すくなくとも、これまでの〈モダン〉の言説が自明のものとしてきた知の体系、ジャン＝フランソワ・リオタールによれば、みずからを〈正当化〉するためにさまざまなメタ物語たる哲学を動員する知の体系とは異なって、いっさい自己正当化の欲求をもたない言説が〈ポスト・モダン〉の言説なのである。あるいは、他者の言説との競合なき共在を可能にする知の存在様式と言ってもよい。〈モダン〉の思考が進歩・発展・啓蒙・明晰を至上目的とする以上、他者の思考との論理的対決を避けることができないのとくらべてみると、〈ポスト・モダン〉の思考はいくらか曖昧なところを残すとはいえ、これらの思考を多元的に包括しうる余地を残しておく方法であり、現在の超高度資本主義社会のなかで多方向のベクトルを有する諸力を糾合し組織し、あるいは批判し解体するための戦略性をもっている。この対談のなかで、〈三浦現象〉をめぐって鮎川信夫と吉本隆明のあいだで評価が分かれたのは、三浦和義そのひとの犯罪の特殊性（偶然性）のみを問題とする視点と、それを現在の超高度資本主義の情報ネットワークが生み出した必然性（蓋然性）の問題と見る視点とのちがいなのである。ここで鮎川の見方は徹底的に部分にこだわることによって、この事件が不確定な情報をめぐる知と想像力のゲームに転化してしまったことを見ようとしていない。三浦事件はひとつの殺人事件（の疑惑）であるが、それだけならただの難事件にすぎないのであって、問題はそれがジャーナリズムと大衆を相手どったひとつの未知の情報ゲームと化した点にこそあるのだ。

鮎川信夫は後日刊行された、対談集『全否定の原理と倫理』に付した「読者へ——確認のための解註」で、この対談についてつぎのように書いている。

三浦事件に関して、吉本と私の見解は、極端に対立している。（中略）／この事件は、前例のない殺人事件である、というのが、当初からの私の認識である。前例がないのだから、前例のない過程を経て、前例のない展開をする。三浦現象とかいう、マスコミの珍妙なフィーバーぶりとか、犯罪の風俗化、あるいはファッショ化《（ママ）》などというしろものは、本筋とは何の関係もない。殺人事件なら、下手人は法の裁きを受けなければならないはずである。私の見解は、ただそれだけのことを根拠としているにすぎない。／吉本がなぜ私と全く対立する見解を持つに至ったかは、実のところ不明である。（中略）／三浦事件を、吉本がこのようなかたちで批判するのは、どうみても out of character である。彼の見解が、本当にオリジナルなものであるかどうかに、私は疑いを持っている。あるいは私は間違っているかもしれない。が、いずれはっきりする。（同前一九七頁）

ここには鮎川信夫が最後まで吉本隆明の位置、思想的位相の変化を理解できていなかったことが語りつくされている。〈モダン〉の位相にとどまるかぎり、〈ポスト・モダン〉の位相は絶望的に不可視のものになることがここに明らかにされているのである。

この対談のさらに先のほうで吉本が鮎川にむけて「鮎川さんご自身はそうは思わないかもしれませんが、一種の小言幸兵衛っていうか、属目のものは全部面白くないから全部やっつけてしまえ、というようなものがもう一つあるように思ったんです」（同前一七六頁）と言い、さらには「はっきり言えば鮎川さんは老い込んでるなという感じがするんですよ」（同前一八五頁）と言っているところがあって、これはちょっとすさまじい批判であるなと、これを初めて読んだときに思ったが、それは吉本の〈ポスト・モダン〉的視線と方法が、〈モダン〉の枠組から抜け出ることのできない鮎川信夫の限界を最終的に見切ってしまったことの帰結なのであろう。それは、程度の差こそあれ、吉本が埴谷雄高を批判する視線と同じものであった。これほどまでに言われたら鮎川としてもショックは深かったはずで、案の定このあと二人は訣別することになるが、そこにはおそらく思想者同士の無言の訣別のドラマがあったにちがいない。

この対談のあと、鮎川は吉本を自宅まで送り、「三十分で帰ると言いながら、愚図々々と朝の四時まで居据わった」（同前一九五頁）ことを同じ「解註」のなかに書いているが、これが鮎川信夫一流の訣別のしかたであったことは想像に難くない。いかに〈モダン〉な鮎川にしても、長年の盟友との思想的な訣別による別れにさいしてはことばにつくせぬ思いを禁じえなかったことだろう。そしてこの想像は思いがけぬかたちで確認することができた。つい先日（一九八六年十月二十一日）おこなわれた「鮎川信夫とお別れする会」での吉本隆明の弔辞にはっきりと〈一年前の深い別れ〉ということばを聞き取ったからである。このことばは二人の思想者の、さらには思想を生きるということのおそるべき孤独をわたしに印象づけるものであった。

鮎川信夫の死はその思想者としての極限を見きわめさせたところでの死であるだけに、どこかとてもいさぎよいし、その死自体が思想的であると思えるほどに、みごとな幕の閉じかたであった。しかもその死は〈戦後詩〉の終焉という重い課題、〈ポスト戦後詩〉という新たな課題をわれわれに残すものでもあった。この大きな空白にわたしたちはまた鮎川信夫ぬきで立ち向かわなければならない。それはまさに鮎川の秀作「兵士の歌」が予告していた世界のようではないだろうか。

穫りいれがすむと
世界はなんと曠野に似てくることか
あちらから昇り　むこうに沈む
無力な太陽のことばで　ぼくにはわかるのだ
こんなふうにおわるのはなにも世界だけではない
死はいそがぬけれども
いまはきみたちの肉と骨がどこまでもすきとおってゆく季節だ

（『全集Ⅰ』一八〇頁）

# あとがきに代えて

〈いま、なぜ鮎川信夫なのか〉という問いを発することで本書の原稿を書きはじめたが、どうやらあらためて鮎川信夫を読むことの意味が、そして鮎川を論じることの意味が自分なりに明らかになってきたようだ。なぜか最近でこそ鮎川信夫論がつづけて刊行されることになって、当初のイメージからすると意外な展開になってきているが、それでも鮎川の詩や評論が広く読まれるようになってきているとは思えない。そもそもまともな詩論や詩人論が書かれず、読まれなくなっている現状のなかで、鮎川信夫は最近の若い詩人たちにとってはますます縁遠い存在、過去の詩人といった評価を受けているのではないかとさえ思えるのであって、ごく一部の詩人や研究者の興味の対象になっているにすぎないと思わざるをえない。それは若い世代の問題ばかりではなく、わたしと同世代のなかにも鮎川を通り一遍の評価ですませて意識のなかから消し去ってしまっている見識のない詩人がときに見受けられるからでもある。たしかにいまとなっては鮎川の詩や批評には古めかしさや凡庸なところも多々みられるのは事実であるし、その政治的スタンスや個人的生き方にも首をひねるところはいっぱいある。

だが、それでも鮎川信夫という存在のおもしろさは、すくなくともそれを否定的にみる者たち自身のそれよりもはるかに大きなものだし、若いうちに鮎川をはじめとする現代詩の魅力に遭遇したわたしのような者には避けてすますことのできない問題領域として厳然と存在する。もちろんそこには本書でもいろいろ触れているように、すべて肯定的にあるいは解釈学的に論じるだけではすまない思想的地平と独自の実存的世界が広がっている。それを明らかにしていくことはわれわれの使命であろう。これまでも多くの鮎川信夫論が書かれてきたが、それらはおおむねひとつの大きな虚像の構築にそれぞれの視点から参与し、既存のイメージを上塗りするか新しい情報を無批判的に提供するかたちで補強する以外には目覚ましいものは少なかった。

そんなわけだから、多くの文献は参照させてもらったが、あくまでも自分自身の観点から鮎川信夫のテクストを徹底的に読み抜くことでしか、本書は書きすすめられなかった。もとより、わたしが本書でおこなおうとしたことは鮎川の評伝でも、ましてや伝記でもない。鮎川信夫という詩人の存在を、その書き残されたテクストが生まれた時代状況や同時代詩人たちとのかかわりのなかに関係づけ、日本近代詩の流れのなかに布置するところから読み直し、なおかつ二十世紀の世界的同時代性のうえでも再解釈しようとした。また当時の言語（学）的認識や歴史性、ことばをめぐる鮎川自身の認識上の問題点や限界などにも論及しようとした。とはいえ、この小さいスペースのなかで残された問題も多くあるだろう。しかし、わたしとしては鮎川の像をひとりの詩人論として自己完結的に整合的にまとめあげるのではなく、鮎川の詩と批評を起点としてそこに息づいている詩の新たな可能性とリンクすることをめざしている。それが今後どのような展開を示すことができるかは自分にとっても未知の部分が多いが、本書はそのためのスプリングボードとなることを願っている。

そのためには自分の詩を書くことはもちろんのこと、詩の方法論を言語の本質にもとづいて詩のエクリチュールの観点から——詩の研究者としてではなく——模索していく蛮勇も必要となるだろう。詩はあくまでも個別の生を生きるものであり、その生の創造において真の意味と価値をもつものである。わたしがとりあえず鮎川信夫のテクストにおいてその固有の生のありかたの個別性、そしてその個別性をつうじて詩の普遍性をあぶり出してみようとしたのもそういう意図によって牽引されたものだといまは思っている。

キルケゴールは初期の重要な著作『おそれとおののき』のなかで、創世記二十二章に出てくるアブラハムとその息子イサクをめぐる物語、すなわち神の命令でアブラハムがイサクを燔祭（ホロコースト）の対象としようとする物語をめぐる心的葛藤について精妙な解釈を提出している。七十歳にしてようやく得たひとり息子イサクを神への忠誠の証として犠牲にせよ、という神のアブラハムへの命令に、最後まで沈黙を守って息子を燔祭に捧げようとするアブラハムの内心の苦悩をキルケゴールは分析する。そして誰よりも大事な息子の命と引き換えに神への信仰を貫こうとするためにアブラハムがおこなった沈黙のふるまいこそ、サブタイトルに「弁証法的抒情詩」

とあるように、まさに詩的なものだとするのである。このきわめて厄介な物語をめぐる叙述は、土壇場でイサクの代わりの生贄としての雄羊が用意されていてアブラハムの神への畏れが証明されたという結末になるのだが、そのクライマックスにいたるアブラハムの心はどうしても普遍的な意味と価値をもつことの不可能な個別的絶対性なのである。そのことをキルケゴールは「個別者が個別者として絶対的なものにたいし絶対的な関係に立つ(*1)」と表現するのだが、個別者がそのままひとりの個別者でありながら、絶対者（神）にたいしてもつこの〈絶対的な関係〉こそ、キルケゴールがアブラハムを理解することはできず、ただ驚嘆するばかりであると言う、その問題系の核心なのである。なぜ理解できないのか。アブラハムはその絶望的な状況において、イサクにはもちろん妻のサラにさえも息子の殺害の予定という秘密を伝えることもできず、神の横暴な命令に不服を述べ立てることもせず、また神の赦しを心のどこかで願うことさえもせずに、父を信じている息子を縛りいまにも刀を振り下ろそうとするのである。そこまでしなければ、アブラハムがアブラハムたりえないことになってしまう。ひとりの個別者にすぎない者が神への絶対的信仰として無言の息子殺しをせざるをえないこの絶対的な関係に立っているアブラハムの存在とはただただ驚嘆するべき存在でしかないというわけである。

（＊1）『世界の大思想24　キルケゴール』一九六六年、河出書房新社、一〇一頁。

個別者として生きることは何より恐ろしいことであるということを学んだ者は、個別者として生きることはもっとも偉大なことであると臆せず言うことであろう。(中略)個別者として生きることはじつに容易なことであると考えることは、自分自身に関するきわめてゆゆしい間接的な認容を含んでいる。なぜなら、自分自身にたいしてほんとうに尊敬の念をもち、自己の魂について心配する者なら、自己みずからの監視の下にこの世にただひとりで生きる者は、(中略)もっと厳しく、そして孤独に、生きているのだということを確信しているからである。

(同前六七—六八ページ)

キルケゴールはとりわけてアブラハムの個別者としての生の恐ろしさと偉大さをここで強調するのだが、これこそどこまでも深淵をのぞかせる個別性の闇なのである。わたしはこの〈個別者〉という概念を〈単独者〉と読み換えてみたい。そもそも〈個別者〉とは訳語の問題にすぎず、デンマーク語原典がわからないので想像するだけだが、この部分は〈単独者〉として訳すことも可能なのではないかと思う。そういう意味でなら、優れた詩人とはみなこの〈単独者〉でなければならない。わたしがとりわけ鮎川信夫をこの単独者の意味で理解したいと思うのは、鮎川が引き受けた現世的実存とは、アブラハムの沈黙には及ぶべくもないかもしれないが、それでも詩人としてほんとうに語るべきことはそのテクストが引き受けるべきことを、テクストこそは現実を直接的に語るのではなく、むしろ現実的には語りえないものの核心を示唆することを、よく知っているからである。キルケゴールはさきの引用につづけて「真の信仰の騎士はつねに絶対孤立であり、ほんものでない信仰の騎士は宗派的である」（同前七二ページ）とも書いている。鮎川にも〈単独者〉という発想は強くあって、たとえば「単独者からの位相」という時評のなかで「詩人は究極的には一人になるべきなのだ」（『全集Ⅴ』五〇一頁）と書いているし、時評集『一人のオフィス』（一九六八年、思潮社）のサブタイトルも「単独者の思想」となっている。『荒地』に所属はしていても、鮎川本人はまったく宗派的な人間ではない。いまの詩人たちがやたらと徒党を組みたがるのとはわけがちがう。宗派的たろうとするかれらは〈ほんものでない信仰の騎士〉であるからにすぎない。

ともあれ、鮎川信夫という単独者の存在の輪郭だけは本書でつかめたと思う。本書がどう読まれようとかまわないが、詩が詩としてまともに読まれないような現在の知的文化環境のなかで詩人自身が自足的に頽廃している実情を見ることはこれ以上しのびない。《詩的許容 poetic license という語がある。詩だから例外や逸脱が許容されるということであっては、ていのよい、差別を受けいれたというに過ぎないのではないか。そんな世間の許容に甘えてしまってよいのであろうか。分裂や対立という「構造」が詩だと言うのでは、半面の真実であって、全体や統一としての詩にまで届かないということではなかろうか》（藤井貞和『文法的詩学その動態』二〇一五年、笠間書院、一九六頁）。しばらく現代詩の世界から遠ざかっていた浦島太郎からすれば、現代詩はまだこんなところにとどまっているのか、という感慨をもたざるをえない。「詩は、詩であることによって許してもらえる、二流の文という認定」(同前)に甘んじているわけにはいかないのではなかろうか。わたしは詩のオーセンティシティを鮎川信夫を論ずることをつうじてあらためて確認できたと思っている。そのことを喚起するために本書は書かれたのである。

＊　＊　＊

本書を構成する文章の初出は以下の通りである。単行本にまとめるにあたって、基本は初出時のままであるが、見出しなど多少の追加と修正をほどこした。

序　いま、なぜ鮎川信夫なのか……………『現代詩手帖』二〇一六年四月号

第1章　鮎川信夫とは誰か

第一節　鮎川信夫の〈戦争〉……………『現代詩手帖』二〇一六年五月号

第二節　戦中から戦後へ——「橋上の人」から「死んだ男」へ……………『現代詩手帖』二〇一六年六月号

第三節　森川義信という鏡像……………『現代詩手帖』二〇一六年七月号

第四節　鮎川信夫と〈女性〉たち……………『現代詩手帖』二〇一六年八月号

第2章　鮎川信夫という方法……………『走都』第二次創刊号(二〇一七年六月)原題「鮎川信夫という方法(1)」

第3章　鮎川信夫と近代……………『走都』第二次2号（二〇一八年二月）原題「鮎川信夫と近代――鮎川信夫という方法（2）」
第4章　鮎川信夫と表現の思想……………『走都』第二次3号（二〇一九年一月）原題「鮎川信夫と隠喩の問題」

［付論］
イデオロジスト鮎川信夫の近代……………『鮎川信夫全集Ⅶ　自伝、随筆』二〇〇一年四月、思潮社（解説）
〈モダン〉の思想的極限――最後の鮎川信夫……………『現代詩読本　さよなら鮎川信夫』一九八六年、思潮社（のち拙著『隠喩的思考』一九九三年、思潮社、に収録）

刊行にあたっては思潮社の小田康之さん、藤井一乃さんにとりわけお世話になった。ひさしぶりに詩論を出すにあたって理解と協力を得られたことはなによりである。また装幀は同時刊行予定の第四詩集『発熱装置』とあわせて中島浩さんに協力してもらった。そして本書の組版にかんしては無理を言って日常的につきあいのある萩原印刷の力を借りた。あわせて満腔の感謝を申し上げたい。

二〇一九年七月　　　野沢　啓

著者略歴

野沢啓（のざわ・けい）

一九四九年、東京都目黒区生まれ。

東京大学大学院フランス語フランス文学科博士課程中途退学。出版社勤務。

詩集『大いなる帰還』『影の威嚇』『決意の人』『発熱装置』、

評論集『方法としての戦後詩』『詩の時間、詩という自由』『隠喩的思考』『移動論』他。

現在、日本現代詩人会所属。

# 単《たん》独《どく》者《しゃ》鮎《あゆ》川《かわ》信《のぶ》夫《お》

著者
野沢《のざわ》 啓《けい》

発行者
小田久郎

発行所
株式会社 思潮社
〒一六二—〇八四二 東京都新宿区市谷砂土原町三—十五
電話〇三（三二六七）八一五三（営業）・八一四一（編集）
FAX〇三（三二六七）八一四二

印刷所
三報社印刷株式会社

製本所
小高製本工業株式会社

発行日
二〇一九年十月三十一日